梅蒂亞轉生物語 3

門扉彼端的魔法師 上

友麻碧

輕
文學
Light Literature

Contents

Characters

◆瑪琪雅・歐蒂利爾◆
出身自〈紅之魔女〉後裔「歐蒂利爾」家的魔法師。

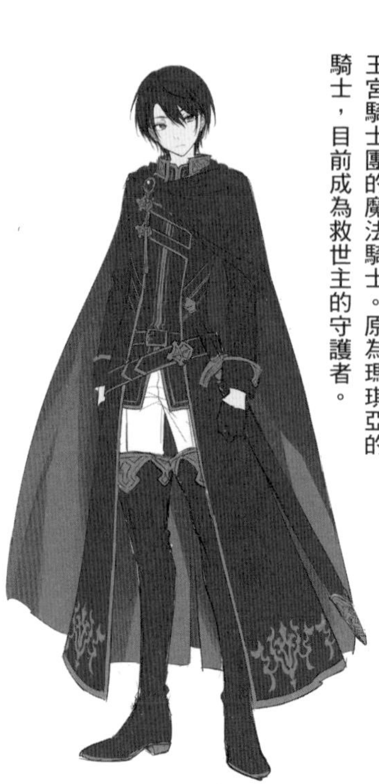

◆托爾・比格列茲◆
王宮騎士團的魔法騎士。原為瑪琪亞的騎士，目前成為救世主的守護者。

使魔
咚塔那提斯（咚助）
波波羅亞庫塔司（波波太郎）

「救世主」與其「守護者」／路斯奇亞王國

◆愛理◆
來自異世界的「救世主」少女。

◆萊歐涅爾・法布雷◆
救世主的守護者之一。在王宮騎士團擔任副團長。

◆吉爾伯特・迪克・羅伊・路斯奇亞◆
救世主的守護者之一。路斯奇亞王國的三王子。

◆尤金・巴契斯特◆
路斯奇亞王宮內的首席魔法師。元素魔法學的第一把交椅。

◆庫菈麗莎◆
女僕長。負責照顧愛理生活起居的顧問職。

盧內・路斯奇亞魔法學校

勒碧絲・特瓦伊萊特

瑪琪雅的室友。來自福萊吉爾皇國的留學生。

尼洛・帕海貝爾

瑪琪雅的同學。以榜首身分考進魔法學校的天才。

弗雷・勒維

尼洛的室友。比同學們年長一歲的留級生。

貝亞特麗切・阿斯塔

與瑪琪雅同班的貴族千金。王宮魔法院院長的孫女。

尼可拉斯・赫伯里

貝亞特麗切的專屬管家，也是她所領軍的石榴石第一小組成員之一。

尤里・尤利西斯・勒・路斯奇亞

盧內・路斯奇亞魔法學校的精靈魔法學專任教師。路斯奇亞王國的二王子。

梵斐爾教國

耶司嘉

梵斐爾教之主教，負責監視瑪琪雅。

福萊吉爾皇國

夏特瑪・米蕾雅・福萊吉爾

福萊吉爾皇國的女王。以被譽為聖女的古代魔法師「藤姬」自居。

卡農・帕海貝爾

福萊吉爾皇國的將軍，被稱為「死神」。面貌神似在瑪琪雅前世殺害她的男子。

Map & Realms

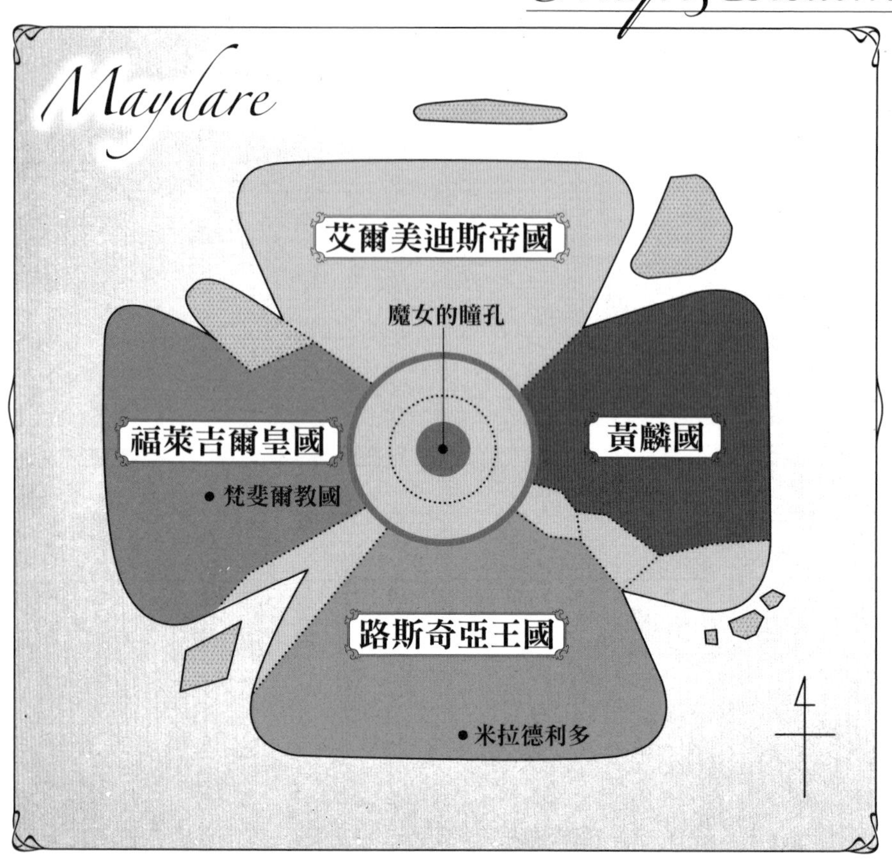

路斯奇亞王國

蘊藏豐富古代魔力的南方大國。瑪琪雅的家鄉德里亞領地也位於其中。

福萊吉爾皇國

現代化魔法技術發展蓬勃的西方大國。與路斯奇亞王國互為友邦。

艾爾美迪斯帝國

採行獨裁統治的北方大國。正在策動征服梅蒂亞的侵略戰爭。

黃麟國

充滿謎團的神祕東方大國。擁有獨樹一格的東洋文化。

梵斐爾教國

梵斐爾教派的總部，座落於福萊吉爾皇國境內。

米拉德利多

路斯奇亞王國的王都。盧內・路斯奇亞魔法學校也位於其境內。

魔女的瞳孔

位於世界中央的巨洞。

Keywords

梅蒂亞

由眾多偉大魔法師寫下歷史的這個世界之代稱。

魔法大戰

由「紅之魔女」、「黑之魔王」與「白之賢者」三人於五百年前引發的戰爭。其中「紅之魔女」殺害了勇者，以「世上最邪惡魔女」之惡名流傳後世。

托涅利寇的勇者

四位志同道合之士攜手打敗三位魔法師，為魔法大戰畫下句點的歷史性人物。其偉大事蹟被改編為各種童話與繪本，成為人們耳熟能詳的故事。

救世主傳說

流傳於路斯奇亞王國內的傳說——每當梅蒂亞遭逢危機之時，傳達福音的流星群將會從異世界召喚「救世主」降臨，拯救世界。據說托涅利寇的勇者也是其中一例。

四芒星紋章

救世主傳說中四位志同道合「守護者」的身分象徵。在救世主降臨時，此印記將會烙印於天選之人身上。

梵斐爾教

梅蒂亞中最古老且最主流的宗教信仰。信奉著世界樹「梵比羅弗斯」。

盧內・路斯奇亞魔法學校

據說是由遠古魔法師「白之賢者」所創立的教育機構。

魔力屬性與天賦寵兒

構築這個世界的魔力主要可分類為【火】、構築這個世界的魔力主要可分類為【火】、【水】、【冰】、【地】、【草】、【風】、【雷】、【音】、【光】、【闇】。另外，富含各屬性天賦之人則被稱為「寵兒」，具備了精靈加護與特異體質等能力。

精靈、使魔

存在於這世界中的魔力具現化之物。棲宿於動物、植物或自然之中的神祕力量之具體呈現。藉由召喚精靈本體並締結契約，便可將其降伏為使魔來役使。

魔物

主要棲息於梅蒂亞北部的魔法生物的通稱。被視為會對人類造成危害的敵人，過去曾服從於「黑之魔王」的統治。

魔法道具

可以發動特定魔法效果的物品。一個道具能做到的事情有限，但就算不是魔法師也能使用。

第一話　齊聚一堂的王們

烏雲般巨大戰艦的汽笛聲響起——

外國貴賓搭乘的船隻，似乎就在此時抵達路斯奇亞王國的米拉德利多港。

我，瑪琪雅・歐蒂利爾也從冰龍古里敏德的背上下來，在港邊分開人潮不停往前進。

騎士托爾・比格列茲從後方拉住急著往前進的我的手。

「小姐，您怎麼了？到底是為什麼這麼著急？」

「托爾……因為……」

我的表情嚇到托爾了。

我現在的臉大概很蒼白且十分緊繃。

從上空俯視時，福萊吉爾皇國的戰艦甲板上，我絕對無法忘記的男人就站在上面。

前世，殺了我的，金髮男子。

托爾不知道這件事。他不記得了。

就算發現我的表情不對勁，他也因為不知其中緣由而皺眉。

開場小號樂聲響起，路斯奇亞王國衛兵們並列兩旁的道路鋪上紅地毯，船上的人似乎要下船了。

「啊……」

是數位身穿軍服的外國軍人。

其中奪走所有目光焦點的，是擁有一頭淡紫藤色秀髮的少女，以及跟在她身後的金髮男子。

現場歡聲雷動，米拉德利多市民接納了突然從福萊吉爾皇國前來的貴客，鼓掌歡迎他們。

「那個人……是？」

明明有張未滿二十歲的臉龐，卻露出成熟的笑容。

走在隊伍最前方的少女，極具特徵的淡紫藤色長髮，魅惑的琥珀色雙瞳。

我曾經見過這位穿軍服的少女。

是之前參加王宮舉辦的晚會的千金小姐。她那時穿的是禮服而非軍服，她的美貌與存在感壓倒性勝過周遭所有人，相當醒目。我和同班同學的貝亞特麗切向她借房間，承蒙她照顧了。

身穿福萊吉爾軍服的少女，引領著金髮男子，威風凜凜地走在紅地毯上。

金髮男子的眼睛被軍帽遮掩，看不見他的表情。

這兩人到底是何方神聖啊？

「那位是夏特瑪・米蕾雅・福萊吉爾大人。」

後方傳來聲音，我因這莫名的惡寒而顫抖著轉過頭。

那裡站著一位明明身穿清廉的主教袍，卻有張惡魔般兇惡臉孔，雙色異瞳的男人。

「你是誰！」

托爾一看見男人，明顯露出警戒，手擺在劍柄上想要保護我。

「啊，不是啦，托爾！這個人是梵斐爾教國的主教大人！」

「……梵斐爾教國的？」

托爾仍然相當訝異，但在細細打量他身為主教的打扮之後，才心不甘情不願地解除臨戰態勢。

「哈，就是這麼一回事，守護者小鬼頭。似乎是其他主教負責審查你這小鬼，你不認識本大爺也是當然啦。」

主教大人嗤鼻一笑「你給我注意一下口氣」。

托爾仍用充滿懷疑的眼神看這位主教。

「比起這個，妳好好看仔細。這位大人就是福萊吉爾的女王陛下，夏特瑪大人。」

「什麼……女王陛下！」

我再次把視線移到軍服少女身上。

騙、騙人的吧……

在晚會上認識的那個人，竟然是福萊吉爾皇國的女王陛下。

不只是我，托爾似乎也是第一次聽聞此事，只是相當訝異地瞪大眼睛。

「噯，托爾，我們在前幾天的晚會上，見到那位……」

「是的。她是以福萊吉爾大使身分參與晚會的淑女，但那位大人現在應該也還住在王宮中。為什麼同一位人物會在此刻從福萊吉爾的戰艦走下來呢？」

托爾和我都有相同的疑問，腦袋一片混亂。

但在我們背後的耶司嘉主教，「格格」地努力忍笑。

「因為那是藤姬大人的『魔法』啊。」

他小聲地如此告訴我們。

「魔法？福萊吉爾的女王會使用魔法嗎？」

托爾連珠炮地詢問背後的主教。

「何止會用，那位大人可是代表福萊吉爾的大魔法師之一。是和這國家那個叫尤利西斯的混帳王子不分軒輊的精靈魔法師。」

我和托爾面面相覷。

但眼前的歡呼聲立刻變大，我們再度關注紅地毯的方向。

現在，福萊吉爾皇國的女王正好走過我們面前。

金髮軍人也走在女王的正後方。從軍帽的縫隙，那雙石榴紅的眼睛，側眼射穿我──

「……」

我應該混在人群中的啊，他卻絕對沒有放過我。

我偷偷地握緊雙手。

「那、那個……主教大人。」

「什麼事啊，瑪琪雅・歐蒂利爾。」

「走在女王大人後面的金髮軍人……他到底是……」

我的聲音幾乎要發抖，但我努力強忍住把話問出口。

感覺耶司嘉主教似乎對事情相當了解，他可能知道什麼。

「啊啊，他是卡農・帕海貝爾將軍。」

「……卡農……帕海貝爾？」

「是夏特瑪女王最信任的近侍，也是福萊吉爾防禦的關鍵人物。因為他相當無情，甚至有人喊他『死神』。」

第一次得知男子的名字。

同時這耳熟能詳的姓氏也讓我心胸騷動。

「小姐？小姐，您沒事嗎？」

「咦、啊。」

托爾從剛剛就在旁邊喊我，不停探看我的臉。

我肯定露出相當沒有用的表情吧。

「托爾，我沒事。只是……因為人太多有點昏頭了。」

「……」

女王陛下與金髮將軍搭上黑色鐵製馬車後離開現場，至此，包覆我全身的緊張感，刻印在靈魂中的恐懼終於變淡。

在群眾的熱氣仍未冷卻之中。

我只有一種預感。

有什麼東西，要「真正」揭開序幕了，我的心胸不安地騷動著——

「你們兩個人都在呢，瑪琪雅小姐，托爾。」

「尤利西斯老師？」

尤利西斯老師不知何時出現在我們身邊，耶司嘉主教「呃」地一聲繃起臉，但老師仍是一臉爽朗表情。

「要請你們兩位現在立刻到王宮來。耶司嘉主教，我記得你應該也接到參加會議的命令，別在這裡亂晃，請和我們一起來。」

「囉嗦，你沒資格對我指手畫腳！我原本就打算現在立刻到『藤姬大人』身邊去，現在立刻！」

重要的事情說兩次後，耶司嘉主教做出不符主教身分該有的粗暴言行後離開，往不知名的方向跑去。

這個主教真的如同突然出現的龍捲風，讓人摸不著頭緒。

「尤利西斯殿下，要我和瑪琪雅小姐過去，代表守護者被召集起來了嗎？」

托爾重新鄭重詢問尤利西斯老師。

「不，救世主和守護者預定在明天的友盟國高峰會中才會集體亮相，在那之前，我們有件事要請兩位幫忙。」

「……幫忙？」

總覺得看不清到底是什麼事。

但尤利西斯老師仍是含意甚深地微笑，他輕輕地把食指抵在嘴唇上，彷彿在表示這是個祕密話題。

我和托爾點點頭，乖乖跟著老師走。

黑色鐵製馬車就停在大馬路上等待我們進王宮後讓人換了一身衣服，甚至還化妝與整理髮型。

我和同樣被打扮得體面的托爾一起被帶到大會議室旁的休息室中，我們乖乖在裡面待了一會兒。

「托爾・比格列茲大人、瑪琪雅・歐蒂利爾大人，請兩位進入大會議室。」

很快地，就有官員帶我們進大會議室。

那是個圓形的大會議場。圓弧狀的台階上並排著奢華的椅子，中央有凹陷的寬敞空間。我們兩人現在就站在凹陷的空間裡，眾多椅子居高臨下看著我們。

彷彿像在哪見過的法庭之類的。

但這麼多的椅子，只有其中三張有人影。

「現在坐在這裡的，就是福萊吉爾皇國女王陛下，夏特瑪・米蕾雅・福萊吉爾大人。」

尤利西斯老師說出了，坐在正中央位置俯視我們，一身凜然軍服裝扮的友邦國年輕女王陛下的名字。

我和托爾跪下深深一鞠躬。

「得了，抬起頭來。讓小女子好好看看你們的臉。」

我遵從命令抬起頭。那時，我和女王陛下對上眼了。

先前認識她時，沒想到她竟是他國的女王，或許曾做出什麼不敬舉動，但她那雙琥珀色的眼睛，仍然優雅地瞇細。

小女子說了我們近期就會再聚首了對吧——

她的眼神彷彿如此表示。那是小惡魔般，帶著挑釁的視線。

「同樣的，這邊這位是福萊吉爾皇國的卡農・帕海貝爾將軍閣下。」

接著再次聽見，坐在夏特瑪女王陛下身邊那位金髮男子的名字。

男子站起身，脫下軍帽後一鞠躬。

他抬起頭時朝我射來的銳利視線，讓我不禁繃緊身子。毫無笑意的臉龐，其美貌驚為天人，但他的視線對我來說正如利刃。

但沒有任何人知道此事，我只能獨自一人忍受恐懼。

在我冷汗直冒地向兩人制式問候時亦同。

「以及後方的這一位，是從梵斐爾教國前來的耶司嘉主教猊下，嗯，瑪琪雅小姐應該很熟悉。」

那位灰髮、自大的主教也在這，尤利西斯老師也開口介紹他。

剛剛還那樣從港邊朝王宮狂奔，現在一臉泰然地穩坐在椅子上。要是連這人的事也一起思考會超過腦袋負荷，所以我決定現在別太在意。

尤利西斯老師親自主持會議，推進話題。

「雖然是友盟國高峰會的前一天，但我想在此進行福萊吉爾皇國、梵斐爾教國、路斯奇亞王國三國的祕密會議。議題是，關於前幾天出現在路斯奇亞王國中的『青之丑角』。」

「……？」

我抬起微低的頭。

我不會忘記這個名字。那是竊取了尤金・巴契斯特老師的身體，不知是何方神聖的藍色小丑，一個詭異的魔法師。

至此我終於理解了，我和托爾被找來這裡的理由。

只有我們接觸過那個「藍色小丑」，且和他正面對峙。

「瑪琪雅小姐，請容我確認，『青之丑角』是北方艾爾美迪斯帝國的手下對吧。」

尤利西斯老師一問，我雖然有點不知所措，仍慢慢回答：

「是的。那個藍色小丑……自稱『青之丑角』的魔法師，確實曾說過『我大帝國』。」

國名中掛著帝國的，只有艾爾美迪斯帝國。

北方大國，艾爾美迪斯帝國。

耗費長年歲月蠶食鯨吞周邊小國逐漸壯大的獨裁國家，但從十年前左右起，不知為何，他們的侵略行為越演越烈，甚至還挑釁西方大國福萊吉爾皇國。帝國與皇國，現在時不時起衝突。

為什麼以福萊吉爾為目標呢？

據說是因為「聖地」就在福萊吉爾境內。

得到擁有世界樹的聖地，等同於控制了整個梅蒂亞，帝國大概有此想法吧。

對此，福萊吉爾皇國召集友邦國家，想要採取強化合作的形式共同防衛。

「帝國不惜派上『青之丑角』也想要調查的，應該是關於『異世界救世主』和守護者的力量吧。」

夏特瑪女王陛下開口後，現場的空氣緊繃起來。

尤利西斯老師說：「正是如此。」同意了女王陛下的話。

「這完全是我國的失態，我們可以認為『青之丑角』將王宮首席魔法師尤金・巴契斯特變成傀儡後，已經得到救世主與其守護者們相關的資訊了。他占領尤金・巴契斯特身體的時間約莫兩個月，這段時間內極可能也在路斯奇亞國內設下什麼陷阱，或者把機密情報洩漏給帝國方面。」

在那之後似乎徹底清查王宮內部，徹頭徹尾尋找尤金・巴契斯特所設下的魔法痕跡等等的，實際上也真的找到幾個地方被設置了危險的魔法。

「混帳，尤利西斯你這個傢伙。」

耶司嘉主教撐著下巴，朝我國的王子口吐暴言。

「你和尤金・巴契斯特感情不是很好嗎？你為什麼沒有發現！結果現在變成這樣。只要你這個混帳有發現異狀，就不會發展成這種事態了，不是嗎？」

「……」

耶司嘉主教嘮嘮叨叨地不停責備尤利西斯老師。

在這個國家裡，敢直接責備尤利西斯老師的人不多，這種場面相當罕見。我內心相當不安。

「還是說你這混帳，該不會是故意放過他的吧？」

「……這怎麼可能。」

尤利西斯老師的表情毫無變化，但——

「如果那麼簡單就能發現『青』的存在，你也不需要這麼辛苦了吧？耶司嘉主教閣下。」

「……你這混帳——」

老師和主教間出現劍拔弩張的氣氛，這兩人看似是相當熟識的關係，但其實感情相當不好吧……

「追究過去的事情也於事無補，繼續談下去吧，別浪費時間。」

卡農將軍冷淡地說。

我的身體偷偷地因為這男人的聲音發抖。

他話不多，也因此，耶司嘉主教和尤利西斯老師也無法對他說出的話充耳不聞，轉變成不得不解除對立的氣氛。

「……嘖。」

「咳咳，非常抱歉。」

尷尬的氣氛中，夏特瑪女王陛下重新問我們：

「瑪琪雅・歐蒂利爾以及托爾・比格列茲，回答我，你們兩個直接與那個『青之丑角』接觸，有什麼感覺？」

舒服得幾乎讓人起雞皮疙瘩的聲音，難以看穿情緒的琥珀色眼睛。她的存在，從正面捕捉住我們。

「恕我僭越，請容我發言。」

「允許你發言，托爾・比格列茲。」

「青之丑角，是帝國的魔法師嗎？亦或是非人的魔性存在呢？」

托爾的提問正中要點。

也就是說，托爾不認為那是人類，而我也持相同意見。

回答這個問題的，是那個金髮軍人卡農・帕海貝爾。

「青之丑角。數次在梅蒂亞歷史的分歧點出現，竊取許多人的身體推動這個世界，是被稱為這世界『災厄』的大魔法師。如果你問他是不是人類，基本上是個人。」

他低沉冷淡的聲音，和過去殺死我時聽到的聲音相同。

背脊竄過恐懼，我身體縮得更小。

「這到底是什麼意思？在漫長的歷史中數次出現，表示他利用竊取他人身體的魔法活過如此漫長的時光嗎？」

只有托爾一人毫不畏懼在場的大人物們，不停提出自己掛心的疑問。

「等等、等等，托爾・比格列茲，你太聰明了，這樣不行。雖然你的提問很合理，但要詳細談論起那傢伙可會沒完沒了。只不過，如果那傢伙採取行動，總之就只有麻煩可言。你們兩個是接觸那傢伙之後還活著的重要證人，首先先回答我們的提問。」

夏特瑪女王陛下彷彿要安撫托爾如此說。

「特別是妳，瑪琪雅・歐蒂利爾。」

女王陛下接著直接點名我。

「妳似乎和那個青之丑角交談了對吧，那傢伙對妳說了什麼，而妳，又是怎麼回答那傢伙的。」

「啊……那個。」

我先吞嚥了一次口水，冷靜下來、冷靜下來。

調整呼吸，毫無虛言地回答：

「『青之丑角』說我是『紅之魔女』，問我要不要和他一起去帝國。」

「……」

「我當然拒絕了……但是……」

感覺我說出這句話後，現場的氣氛瞬間改變。

連耶司嘉主教、卡農將軍、夏特瑪女王也變了臉色沉默。

我有種不好的預感。我或許說出了什麼不該說的話。

「我、我確實是『紅之魔女』的後裔，但我仍是尚在盧內・路斯奇亞魔法學校學習，還不成熟的學生！我絕對不是壞魔女！」

「壞魔女？」

說起我為什麼會如此強調這點，大概是不久前還被救世主愛理如此懷疑吧。我很著急，害怕在這裡的這些人，是不是也認為我是和「青之丑角」相同的壞魔女。

「呵呵，雖然嘴上這樣說，妳還真是露出相當沒志氣的表情呢，泫然欲泣，臉色也很差。」

根本看不出來是那天晚會上相當有氣勢的小姑娘呢。」

「那、那是……」

女王似乎覺得我和她第一次見面時的印象不同，大概是因為如此，我感覺她的視線帶有懷疑。

現在的我確實不像平常的我，大概正白著一張臉，如同畏怯的小狗般縮成一團。

但這是因為那傢伙，和前世殺了我的人一模一樣的男人就在面前。

「肯定是因為緊張吧。瑪琪雅小姐平常是活潑，精神飽滿的好學生，但在『公主大人』面前，任誰都會畏縮吧。」

緊張的氣氛中，尤利西斯老師替我圓場。

那之後，「唰」地闔上扇子的聲音，再次讓氣氛緊張起來。

「尤利西斯，我先說一句，現在的小女子可不是『公主』啊。」

「啊啊，女王陛下，還請您恕罪。一個不小心……」

「算了，比起被人稱呼女王，小女子確實比較喜歡被人稱呼公主。」

女王陛下接著探頭看著身邊的金髮將軍問：「你說是吧，卡農。」

金髮將軍面無表情，沉默地雙手環胸。

竟然能如此忽視女王，這男人果然不是個簡單人物！

「嘖，這個心機王子肯定只是想讓女王大人吐嘈，才故意那樣喊。你的企圖展露無疑啊，下流傢伙！」

「耶司嘉主教一如往常，只要在夏特瑪女王陛下面前，對梵比羅弗斯堅定的信仰就會變得無比脆弱呢。主教大人這副模樣真的好嗎？」

「囉、囉嗦！信仰和崇拜是兩回事！去死！你這個心機混帳王子！」

耶司嘉主教猛然起身，朝尤利西斯老師伸出手指，大喊著不明就裡的話。在一陣咒罵後，重重坐回椅子上。

「話說回來，別拐彎抹角說那麼多了，快點確認吧。」

方才為止的小角色舉止是上哪去啦？

他的眼睛瞬間染上冷酷神色，耶司嘉主教身體往前探，居高臨下看著我和托爾。

「這兩個傢伙有沒有被『青之丑角』奪取身體啊。」

「……？」

至此，終於理解我們被找到這裡來的真正目的了。

在這邊的人，是為了確認我們是否跟尤金・巴契斯特一樣被奪取身體，才找我們來的。

外國的重要人物，竟然如此嚴正戒備那個藍色小丑。

「特別是瑪琪雅・歐蒂利爾，她態度明顯不對勁，就連本大爺也看得出來和平常的感覺完全不同。」

耶司嘉主教手指著我。

「那、那是因為……」

怎麼辦，我該怎麼說明，才能讓在此處的王公貴族相信我沒有被奪取身體呢？

此時，在我身邊的托爾邊說著「請恕我失禮」邊站起身。

「如果您懷疑瑪琪雅小姐，還請無須擔心。小姐雖然多少有點混亂，但確實是她本人，這點我比任何人都了解。」

「……托爾。」

托爾發現所有人懷疑著我，出面袒護我。

「喔，那麼，這個小姑娘的態度為什麼會如此奇怪呢？」

夏特瑪女王陛下的語氣彷彿在試探托爾。

但托爾面對女王也毫不畏懼。

「卡農・帕海貝爾將軍。」

他目不轉睛，靜靜地瞪著坐在女王身邊的金髮男子。

「不知為何，小姐非常畏懼您。」

托爾，你……

我明明什麼也沒說出口，你卻發現這件事情了。

對他的觀察力感到驚訝的同時，我的胸口也無法制止地揪緊。

「噗，啊哈哈，原來如此，這傢伙確實常常嚇哭小孩子啊！」

夏特瑪女王踢著雙腳揚聲大笑，耶司嘉主教也拍大腿大笑「完全沒錯啊」。

不，我害怕的原因和那個有點不同。

而卡農將軍本人，依舊毫不動搖地面無表情雙手環胸。

「我話說在前面，不只是瑪琪雅・歐蒂利爾，我們也懷疑你啊，托爾・比格列茲。」

女王笑夠之後，重新對托爾如此說。

「如果你們否認，那就證明給我們看。正如字面所示，這是個惡魔的證明。你們不是『青之丑角』吧？」

「……」

他們正在考驗我們。

因為我們那時與青之丑角這災厄的存在對峙了。

但也正因為如此，我們知道一件事。

「我們可以證明。」

沉默至此的我大喊。

在場的所有人聚焦在我身上。

我和托爾一樣站起身，再次開口。

「請容我僭越發言。那個藍色小丑奪走『守護者』的身體時，胸口的紋章似乎會因此消失。尤金・巴契斯特就是因此失去了守護者紋章，我才會在晚了那麼久才被選為第四位守護者。」

「喔，那麼，妳……」

我解開胸口的鈕扣，當場露出在我心臟正上方的紋章。

「守護者的紋章現在在這裡，這就是『我是我』的證明。」

現在根本不是在乎害臊不害臊的時候了。

如果無法向在場所有人證明這一點，我們肯定會一直遭受懷疑。

這肯定會損害我們的自由與尊嚴。

托爾也模仿我露出他的胸口，讓大家看他的紋章。

我和托爾都是如假包換的本人。

一段時間後，尤利西斯老師拍了一下手。

「如何呢？如此證明後還要懷疑他們嗎？」

他滿臉笑容，又有哪裡帶著得意的語氣與眼神。

夏特瑪女王側眼看著尤利西斯老師，揚起微笑。

「好吧，守護者被那個東西奪取身體後『紋章會隨之消失』是個相當難得的資訊，如此一來，『青之丑角』就無法對守護者出手了。」

她「啪」地一聲拿闔起來的扇子拍自己的手。

接著她用與這之前稍有不同的眼神俯視我。

「瑪琪雅・歐蒂利爾，辛苦妳了。而且，看來妳終於恢復精神了。」

「……咦？」

女王陛下咧嘴露出少女般的笑容；而我大概仍一臉驚訝吧。

「懷疑妳真的很抱歉，『青之丑角』讓我們感到相當棘手。對吧，卡農。」

「是的，公主。」

嚇死人，卡農將軍竟然好好回應夏特瑪女王了耶。

而且還不是喊女王，而是喊「公主」，而女王此時卻沒有特別指正……

大會議室的門突然被打開，有個人闖入。

「夏特瑪～我好想妳喔～」

「咦？另一個，夏特瑪女王？」

詫異不禁脫口而出，我慌慌張張地摀住自己的嘴。

另一位夏特瑪女王身穿禮服，和在場穿軍服的女王有所區別，但不管怎麼看，臉蛋就是一個模子印出來的同一個人。

「哎呀哎呀，蜜絲緹，這裡可是重要的會議現場啊，妳別這樣胡鬧。」

「因為妳把我一個人丟在這種國家，人家很寂寞嘛～～」

闖入會議室的禮服女王緊抱住軍服女王，撒嬌地磨蹭臉頰。

我和托爾都看傻眼了。

這到底，是怎麼一回事呢？

「累了對吧。暫時切斷與小女子的連結，回歸原本姿態吧——我的精靈蜜絲緹。」

軍服女王如此吟唱完咒語後，闖入的夏特瑪女王身體被光芒包圍，彷如被旋風捲起的花瓣一般，撒下片片紫色光芒。

不，不對，那是黑紫色的蝶群。

「很美對吧。那是蝴蝶精靈蜜絲緹，屬性為【光】。」

尤利西斯老師就在身邊，以精靈魔法學老師的架式告訴我們，老師似乎也看著美麗的光之蝶舞著迷了。

四散的蝴蝶大部分都被吸入夏特瑪女王身體中，只有最後一隻翩翩飛舞後，與她的髮飾同化。

「呵呵，嚇到你們了，小女子役使的精靈都是昆蟲。在這之中，蜜絲緹是可以變身成我的精靈。所以隨時與小女子共享意識，就算小女子身處遠方，也能發揮與小女子同等的影響力。要說的話，蜜絲緹就是另外一個小女子，是小女子的『遊戲角色』。」

「遊、遊戲角色……」

總覺得，似乎聽到在路斯奇亞已經很久沒聽過的，近未來的單字。

「瑪琪雅，妳在那個晚會上見到的是蜜絲緹，但透過蜜絲緹和妳對話的是小女子。簡單來說，就是小女子本人。」

「這就是那樣的魔法嗎？」

「啊啊，沒錯，那就是小女子的魔法——分身魔法。」

分身魔法，只要有這個魔法，就能以精靈為媒介，創造出與自身外表、聲音完全相同的分身，似乎就是這樣的魔法。

因為意識和視野與夏特瑪女王本人共享，雖說是分身但其實也與本人無異，可以用自己的話表達，可以用自己的意志下判斷。並非單純的分身。

雖然覺得和那個「青之丑角」的魔法有點類似，但那個小丑的魔法是取代「他者」，利用「他者」的力量；另一方面，夏特瑪女王的魔法是增加「自己」這個人。

可以在任何地點，同時行使自己的影響力。身為一國之王，沒有哪種魔法比這個更好用了。

這位女王陛下太驚人了。

夏特瑪女王再度打開扇子，遮住嘴巴的同時，將纏繞於身上的魔力交織成冰冷的東西。接著用與魔力相同色彩的眼睛，居高臨下地看著我們。

「夠了，你們下去吧。」

在場這些人的壓迫感之中，那份魔力些微飄盪。

大魔法師——不知為何，這個單字在此時閃過我的腦海。

我們這些人，在他們面前小如螻蟻。除了聽從命令離開之外，什麼也辦不到。

我和托爾一同走出王宮的大會議室。

我解除緊張感，暈眩地靠在牆上。

「小姐！」

托爾立刻抱住我，他早已發現我的身體發冷，並且不停顫抖。

感覺在剛剛那個場合中只能不停忍耐的東西，就要滿溢而出了。

「對不起，對不起喔，托爾。」

「小姐，您怎麼了？是在對什麼事情道歉呢？」

「……」

「從在港邊起，您的樣子就不太正常！妳相當畏懼那個男人，畏懼卡農將軍。」

沒錯，托爾老早就察覺了。

察覺我對那個男人抱持非比尋常的恐懼。

「那個男人……」

我睜大眼睛，眼睛無法聚焦地看著一點，攀著托爾的手。

「那個男人，殺了我……」

不只是我，是我們。

如果用前世的名字來表達，就是殺了小田一華，和齋藤徹。

托爾應該什麼也不記得吧。

但是我們確實是被那個男人所殺——現在，轉生到這個世界。

第二話　過去殺了我的男人

隔天舉辦的友盟國高峰會，八國代表齊聚一堂。

造訪舉辦地點南方大國路斯奇亞王國的，有福萊吉爾皇國、梵斐爾教國、紀爾契王國、奧利恩王國、直布羅陀王國、貝內尼亞共和國與德拉古公國的重要人物。

每個國家皆派遣國王、首相，亦或是有同等地位的官員前來，任誰都能察覺這是相當緊急的重要會議。友盟國高峰會似乎會定期舉行，而這次的主要議題，就是要討論該如何對抗北邊勢力逐漸壯大，不停重複侵略行為的艾爾美迪斯帝國。

救世主愛理和守護者們也出席該會議，因為同時也要將降臨路斯奇亞王國的救世主介紹給各國的重要人物認識。

我許久沒見到愛理了，但愛理表情僵硬，完全不願意和我對上眼。

而我也因為昨天的事情心情沉重，畢竟那男人也在此處。

金髮的外國軍人，卡農・帕海貝爾。

這樣說起來，愛理對卡農將軍會有什麼想法呢？

如果過去刺殺齋藤和田中同學的是那個男人，愛理，也就是田中同學應該也會認為卡農將軍就是刺殺自己的金髮男子吧。如果她有看到臉應該會如此認為，但是……

晚一點鼓起勇氣去問問看吧。只是，愛理願意和我說話嗎？

「我們推測，下一次戰爭的結果，關鍵應該掌握在近十年急速發展的『轉移魔法』上。」

主持會議的是吉爾伯特王子，他既是救世主的守護者之一，也是路斯奇亞王國的三王子。他被委任這個友盟國高峰會的準備工作，這陣子一直相當忙碌。

「和以往的轉移魔法不同，運用尖端魔法的轉移魔法，移動距離、移動質量與移動速度皆與以往有懸殊差異。帝國近幾年以驚人的速度開發轉移魔法，也發明出連非魔法師也能使用，內藏轉移魔法的『武器』與『道具』。」

在夏天的舞會上、葛列古斯邊境侯爵引發的事件，以及尤金老師的事件中，都使用了內藏轉移魔法的槍枝。只要擁有那種武器，無論是誰都能輕易補給武器，或者是把自己轉移到其他場所。

這是相當恐怖的事情。因為可以自由自在地將軍隊、武器甚至是魔法傳送到目的地去。說極端點，只要滿足條件，帝國就能攻擊距離最遠的路斯奇亞王國。

只不過，這類轉移魔法需要事先到目的地設置名為「閘道」的出入口。以前在藥園島洞窟中看見的神祕裝置也發揮了身為閘道的功能。

也就是說，我們必須隨時注意有沒有帝國的間諜混入國內，在國內設置這類閘道。並且一旦發現，就必須把所有閘道毀掉。

據說路斯奇亞王國已經發現數個鬧道，並破壞掉了。

除了轉移魔法外，帝國也在各方面為戰爭做準備。

特別是——

「帝國有『魔物』軍隊。」

這個話題引起各國代表騷動。

福萊吉爾皇國的卡農將軍平淡地針對魔物說明。

「魔物原本並非願意服從人類的生物，所以可以推測，帝國應該創造出什麼能讓魔物服從的東西。帝國利用了魔物，可以預測會出現相對應的被害狀況。」

「竟然……」

與少有魔物受害狀況的路斯奇亞不同，許多國家相當畏懼魔物。

魔物會攻擊、殺害，甚至會捕食人類。力量與殘暴程度也與人類截然不同，魔物要是成為帝國軍隊，人類不可能不恐懼。

對於毫不留情的帝國，有國王氣憤地表示同盟國該如何應對。

另外一方面，也有態度樂觀的國王。

「我們這裡不是有救世主大人在嗎？我聽說救世主大人的魔法對魔物有極大效果。」

「聽說救世主大人是【全】之寵兒。」

「救世主大人或許能夠阻止帝國的侵略行為。」

他們深信救世主傳說，認為從異世界而來的救世主會如同五百年前的「托涅利寇的勇者」那般，為這個世界帶來和平。

「你們在說什麼啊？」

但否定這些說詞的，就是如假包換的救世主，愛理本人。

至此始終低著頭不發一語的愛理突然抬起頭來。

接著，她開始在各國國王面前說出難以置信的話。

「才不要，我不要當救世主了。」

「什麼……」

每個人都看著愛理。

每個人，都懷疑自己是不是聽錯了。

搞不清楚她這句話的意思。

連總是隨伺左右的守護者們，也無法遮掩驚訝表情，當然，我也是。

「我根本不是什麼主角。那我很有可能就這樣死掉啊，我想回去了，讓我回去原來的世界啦！」

「您、您這是在說什麼，愛理！您那麼努力，那樣積極地做了那麼多事啊。怎麼在這種場合開這種玩笑……」

吉爾伯特拚命想要安撫愛理。

「我沒有開玩笑！」

但愛理用力大喊，不停搖頭。

「和我的理想完全不同啊！因為這裡根本不是我創造出來的世界對吧！」

「愛理……」

「戰爭？魔物？隨便你們啦。害怕根本還沒開始的戰爭，最後竟然要救世主來阻止？是白癡嗎？你們是希望我做什麼啊？那種事情當然辦不到啊……這世界是怎樣啊？」

愛理毫不停歇地發洩心中想法。

「到底……這個世界是怎樣啦！」

最後，愛理鐵青著一張臉衝出大會議室。

顯而易見地和平常的愛理不同。

吉爾伯特王子雖然很想追上去，但他是會議主持人，我和其他守護者告退去追愛理。

愛理拚命奔跑後，在王宮走廊的盡頭抱膝縮成一團。

「愛理，妳怎麼了？該不會是不舒服吧……」

我開口喊她，朝她伸出手，愛理突然抬起頭。

「為什麼？不是瑪琪雅說的嗎？妳說這個世界不是我的世界！」

「那是……」

我不禁縮回手。

愛理抗拒救世主的角色，是因為她的世界、她的理想被我否定了。

「我已經不在乎這個世界會變成怎樣了。我有必要保護這個世界嗎？話說回來，為什麼我非得要做那種事情不可啊？」

「……」

「這種世界，讓戰爭或是什麼的破壞掉最好啦！我要回去原本的世界！」

全部撒手不管，什麼事情都無所謂的言行……我沒想到愛理竟然會說出這種話。

而這句話，多多少少讓守護者萊歐涅爾與托爾受到打擊。

「愛理大人，總之請您先冷靜一點，您肯定是太累了，回房間稍微休息……」

「托爾，你可以不必再勉強自己溫柔地對待我了，反正你肯定很討厭我，因為我對瑪琪雅說了很多難聽的話。」

「沒有那種事……」

托爾對愛理說出口的話感到困惑，無法再說更多。

萊歐涅爾用堅定的語氣安撫愛理。

「愛理大人，在這裡太引人注目了。會議就交給吉爾伯特殿下，您先回房間吧，我和您一起回去。」

「萊歐涅爾也是一樣，反正你一定很受不了我對吧？覺得我是個有妄想症的腦洞女生。因為你看起來很溫柔，其實一點也不溫柔啊。」

「愛理大人。」

「別碰我！」

愛理拒絕萊歐涅爾朝她伸出的手，用力甩掉。

「我已經不需要了，不需要了！不需要你們所有人！」

不僅僅是這個世界。

連至今對她很重要的守護者們也全部否定。

「……愛理大人，您連我們的忠誠與決心都已經無法相信了嗎？」

從萊歐涅爾的這句話中，甚至可以感受到他的失望。

愛理就這樣再也不說任何一句話。

女僕長庫菈麗莎前來，抱起愛理回房，她似乎是愛理現在唯一信賴的人。

我摀住嘴，向在場的所有人道歉。

「……對不起，全都是我的錯，因為我對愛理說了那些話。」

「不，這不是瑪琪雅小姐的錯。」

令人意外的，否定我的話的人是萊歐涅爾。

「不管怎樣，愛理再這樣下去是無法承受接下來的考驗的。如果她只是個愛作夢的少女還令人莞爾，但並非如此，我認為她並沒有好好直視我們與這個世界。」

「……萊歐涅爾先生。」

「現在是愛理能不能凝視自己，接受這個世界，並且改變自己……能不能做到這件事的關鍵時刻。」

萊歐涅爾非常成熟且冷靜，在旁邊的托爾也對他的判斷輕輕點頭。

但是，如果愛理真的放棄了救世主的立場，梅蒂亞又會變成怎樣呢？而且話說回來，救世主的立場真的可以放棄嗎？

在我們胸口閃耀的四芒星紋章。

紋章現在，仍舊確實刻印在心臟的正上方啊。

那天晚上，路斯奇亞邀請各國重要人士在王宮大廳舉辦晚會。

我身為守護者之一，被命令要參加晚會，但救世主本人的愛理並沒有現身。

吉爾伯特殿下試圖想說服她，但愛理宣言她不當救世主之後就把自己關在房裡，沒有人能進她房間。

晚會中全在談論這件事。

「怎麼會這麼不負責任啊……」

「都在王宮裡過著那麼奢侈的生活耶……」

「總歸就只是個小丫頭，從很久之前，救世主大人就沒有什麼好傳言……」

「守護者們到底是在幹嘛啊……」

在這之前還那般吹捧救世主和守護者，現在就都翻臉不認人，惡言惡語與謠言交錯。

救世主是只有從異世界而來的人可以擔負的角色，所以這世界沒有一個人可以允許她不當救世主吧。

「瑪琪雅小姐。」

在我靠在大廳牆邊當壁花時，尤利西斯老師出聲喊我。

「尤利西斯老……殿下。」

「叫老師就好了。」

尤利西斯老師苦笑。

雖然這樣說，但和在學校的長袍打扮不同，老師今晚可是華麗的王子裝扮。

「瑪琪雅小姐，接連兩天沉重的會議，妳還好嗎？」

「我沒事，比起我，老師，愛理的狀況怎樣……」

我一直很想問這件事。

「愛理仍然關在房裡不出來。除了女僕長庫菈麗莎小姐以外，不讓任何人進房，當然也聽不進我說的話。」

「這樣……啊……」

「瑪琪雅小姐不須介懷，這是愛理必須要跨越的，愛理的考驗。」

尤利西斯老師和萊歐涅爾說出相同的話。

真不愧是大人們，好冷靜。但我想，應該沒有人認為可以繼續這樣下去。

尤利西斯老師邊在意周遭的目光……

「在晚會這種場合，在淑女面前只是站著說話太失禮了。瑪琪雅小姐，如何呢，要不要和我共舞一曲？」

「什麼？」

和尤利西斯老師，共舞？

至今從來不曾想過的場景。我對老師的崇拜，大概和其他千金小姐們非常不同，即使如此我平時也總是非常尊敬老師。有無數讓我想著「好厲害、太出色了」而看入迷的事情了，所以我用力舉起手回答：

「是的！我要跳舞！」

那正是學生回答老師問題的樣子。

「嗯，和平常一樣很有精神的好回答。那麼，請把手交給我。」

我雖然十分害臊，也充滿幹勁地握住尤利西斯老師的手。

在尤利西斯老師引領下，加入舞池中。

老師很成熟，很溫柔，感覺連他淡淡的微笑都帶有魔力。因為他在魔法學校裡是位極優秀的魔法師，讓人不自覺忘記他二王子的身分，但像這樣被他優雅地牽著手共舞，就會想著「啊啊，他果然是個王子啊」，完美得讓人不禁懷疑他根本沒有不擅長的事情。

「話說回來，瑪琪雅小姐，妳對那三位有什麼想法呢？」

老師突然對我耳語，把我拉回現實。

「那三位是指福萊吉爾的？」

「是的，夏特瑪女王、卡農將軍以及耶司嘉主教。」

那名字讓我內心一陣騷動，但我同時也想「原來如此」。

要是站在一旁談論這話題，可能會有第三隻耳，乾脆邊跳舞邊談，還比較容易掩飾過去。

「覺得是群很不得了的人……很難用言語形容，但在那些人齊聚一堂的會議中，讓我感覺自己彷彿小螻蟻。」

「我想也是，那三位可是福萊吉爾的正義之盾。」

他趁隙看的人，就是被人群重重包圍的夏特瑪女王陛下。

共舞中，尤利西斯老師的視線偷偷往旁邊飄過去。

「以女王陛下為中心，那三位有絕對的信賴關係，不僅如此，他們彼此也擁有與其地位、權力相符的『魔法力量』，所以福萊吉爾很強盛。」

夏特瑪女王、卡農將軍與耶司嘉主教。

他們之間的關係確實讓人有種特別的感覺，但我還不知道真正的意義。為什麼，他們之間會有如此強烈堅固的羈絆呢？

「但是……路斯奇亞王國，也有尤利西斯老師在啊。」

我如此呢喃後，尤利西斯老師些許驚訝，最後露出憂鬱的笑容。

「呵呵，謝謝妳的誇獎。但是……我們失去尤金了。」

「……」

聽說被青之丑角竊取身體而死的尤金·巴契斯特，和尤利西斯老師是魔法學校的同學。

關於巴契斯特老師的事件，我從沒聽過尤利西斯老師談論他們私人的話題，但從這短短一句話，就可說明，尤利西斯老師仍靜靜地哀悼他的悲劇。

「瑪琪雅小姐，不遠之後，光靠我一己之力不足以保護路斯奇亞王國的日子將會到來，一定得借助妳的力量的時候就要來臨了。」

「老師，但是……我……」

「我在妳和托爾的身上感受到無限的可能性，身為魔法師的可能性。」

……我和，托爾？

雖然很想問理由，但華爾滋舞曲正好結束，我們倆放開手互相鞠躬。周遭的人替舞畢的紳士淑女們鼓掌。

「那麼，瑪琪雅小姐，讓我們在學校再會吧。」

接著，尤利西斯老師颯爽地離開了。

大概因為和尤利西斯老師共舞，晚會賓客們開始朝我打招呼。

出席友盟國高峰會的人都知道我是守護者之一，但因為我還是學生，並沒有大肆公開。即使如此，參與晚會的貴族們嗅覺靈敏，立刻察覺我有什麼特殊之處。

不、不，我只是個鄉下貴族的千金，只是朵壁花啊……

我邊消除自己的存在感邊逃往二樓的露臺。

沐浴在風中，深呼吸。

就獨自在這裡，思考各種事情靜靜度過這段時光吧。

發生太多事情了。得要整理狀況，思考自己該做什麼才行。

「瑪琪雅・歐蒂利爾小姐。」

只不過，打斷我想要積極思考的冰冷聲音，讓我停止呼吸。

甚至連心跳都要跟著停止的聲音。

「身為守護者之一的千金小姐，不可以待在這種昏暗的地方。妳或許會被誰用利刃貫穿身體，或是被推下樓去。今晚的宴會中會發生什麼事情都不奇怪呢。」

「……」

這句話讓我做好覺悟，慢慢轉過頭去。

「你……是……」

金髮的卡農・帕海貝爾將軍。

從燦爛閃耀的光明世界，朝成為這露臺影子一部分之處跨進一步的外國軍人。華麗正裝打扮的將軍閣下，瀏海隙縫間可見記憶中的石榴紅眼睛，他的視線確實看著我。

「請容我重新自我介紹，瑪琪雅・歐蒂利爾小姐。我是卡農・帕海貝爾，還請妳多多指教了。」

卡農將軍想照著尋常的打招呼流程執起我的手，但我嚇得手發抖，並且縮回胸前，他只能把手擺在自己胸前朝我一鞠躬。

我被逼迫到露臺角落，嚇得無法動彈。

即使不願意，我的手也明顯感受到彷彿下一刻就要跳出胸膛的劇烈心跳。

將軍抬起頭，露出虛偽的微笑。

「從第一次見到妳那時起，妳似乎相當畏懼我呢。」

「……第一次？」

感覺纏繞在卡農將軍身邊的氛圍瞬間改變。

「是的，我正在說我殺死妳那時的事情。」

沒有任何隱瞞。

只是對著我輕語，把這個事實擺到我面前。

「果然……你就是在前世殺了我的那個男人。」

殺了我們的男人。

完全不懂其中道理，這世界的一名將軍，以與現在幾乎相同的容貌，殺了地球的小田一華和齋藤徹的方法，以及理由。

那是十六年前的事。

這男人，難不成不是人……？

我顫抖著身體用力，細鞋跟用力踩緊地板。

接著，瞪著一直不曾遺忘的「金髮男子」的臉。

自從在那個流星雨夜晚想起前世記憶後，我一直想著，肯定有天會在哪裡遇見這個男人。

見到他時，我有件事情絕對要問他。

「為什麼，為什麼要殺了我，要殺了我們……呢？」

他不是單純隨機殺人。

我們是因為什麼理由被這個男人殺了。

然後肯定是特地讓我們轉生到這個梅蒂亞來。

如果不是這樣就太奇怪了，我們是基於什麼命運、法則，確實會相遇。

「我說過了吧，不管重生幾次，我肯定都會去殺了妳。」

卡農將軍換了語氣。

這句話，我以前確實聽過。

「那麼，你又要說你要再殺了我嗎？為了要再殺我而讓我重生嗎？」

將軍瞇起眼睛。

「……在這個世界，肯定會迎接我殺了妳的那個瞬間。」

「我不懂。」

不懂，為什麼我非得被這個男人所殺不可呢？

「但是，現在的我已經不是當時的我，我不會那麼輕易被你殺了！」

心跳砰砰鼓動，我舉起戴戒指的那隻手，直接指著卡農將軍。與其再度被他殺害，我要將這男人——

「！」

卡農將軍抓住我的手腕，幾乎覆蓋在我身上般地看著我的臉。

「別這樣做，在這裡引起騷動有什麼好處？現在的妳根本不可能殺了我。」

被他緊緊握住的手腕非常疼痛，甚至感覺到彷彿被緊掐脖子的窒息感。

而且很奇怪，即使碰觸我的肌膚，這男人似乎完全感受不到我身上寵兒體質所產生的熱。

「而且說起來，真的只有一次嗎？妳真的只被我殺了一次嗎？」

「……什麼？」

「妳為什麼會認為，妳的故事，是始於在地球的死亡後呢？」

這男人到底在說什麼。

我連眨眼也辦不到，只能繃緊身體。

「妳應該全部都忘記了，但我全部都記得。即使在這個世界，妳也無法逃離我。不，正因為在這個世界才無法逃離……而我，也無法逃離妳。」

這是讓人感受不到任何感情的男人，展露情緒片鱗的一句話。

他想要傾訴什麼，但我完全不懂他想要說什麼。

「你要……殺了我嗎？現在，在這裡。」

如同那時，從這裡把我推下去。

彷彿染上鮮血的血色雙眼，鮮紅妖豔，但也感覺透露著悲傷光芒。

「……不，我不會馬上殺了妳。妳還有任務，有個只有妳能辦到的大工作等著妳。」

「我的任務？」

大工作……？

「去聖地吧，妳所追求的『真相』就在那裡沉睡。」

「……」

全是些讓我搞不懂的事情。

但我知道一件事，我的靈魂記得對這個男人的恐懼。

即使眼淚快要溢出眼眶，我仍用力咬緊牙根，想要甩掉他握住我的手，但根本毫無用處。

但是，卡農將軍緊緊握住我的手腕的手，被另外一隻手握住。

「閣下，請您放開瑪琪雅小姐的手。」

那是用力狠瞪卡農將軍的托爾。

托爾毫不隱藏他的敵對心，以我的騎士身分凜然站在那裡。

卡農將軍以側眼捕捉住托爾的身影，彼此互瞪，沉默了一段時間。

「這真是失敬了，我這真是的，似乎有點沖昏頭了。」

他的視線微微低垂苦笑，放開我的手。

接著——

「……瑪琪雅小姐，嚇到妳了，真的很不好意思。」

說完令人意外的台詞後，他立刻離開這裡。

充滿謎團的異國將軍，與他說出口的話相反，自始至終對我和托爾釋放出殺氣與憎惡這類的東西。

我只知道這點，即使其他事情完全不懂。

「托爾……」

「小姐，您沒事吧？」

「嗯，沒事。」

把手縮回自己胸前，用另一隻手握住直到剛剛都被卡農將軍緊握的手腕。

被他抓住的部位，陣陣發熱。

和他冰冷的印象恰好相反，他的手非常熱。

我又會再度被那個男人所殺嗎？目的到底是什麼？

我早已回想起記憶了，因為我對那個男人的恐懼根本無從隱藏起。

但那個男人說出一連串的話，其中帶著希望我再想起什麼的熱意。

我的胸口陣陣作痛。

過去被銳利刀刃貫穿身體的猛烈劇痛，我現在還清楚記得。

好恐怖、好痛、好恐怖、好痛——

「小姐！小姐！」

前世的死。

那瞬間的恐懼、痛楚，幾乎令我厭煩地清楚回想起，我的緊張感達到極限。

就這樣失去意識。

托爾接住差點倒下的我。

在我意識斷線的那個瞬間，我只感覺到這件事。

○

學校的屋頂。

火紅夕陽。

嘈雜的烏鴉叫聲。

深深烙印在我眼中的，是倒在血泊中的少年與少女。

朝我背後逼近的，是擁有金髮與石榴紅雙眼的男人。

我又被這個男人刺殺而死。

被他從屋頂上推落，身體和生命，都響起碎裂的聲音。

——我過去，曾經以為這只是夢。

但在那個流星雨之夜，不論我願不願意，我都理解了那是「前世」。

靈魂接受了這件事，甚至沒有迷惘。

因為那金髮男子的出現，過去的死再次以鮮明的恐怖紀錄，不停讓我重複回想起。

救命、救命、救命。

邊向誰、向某處求救，邊被刺殺墜落。

就連鮮血氣味、疼痛也鮮明地回想起。

……喀嚓。

連那時，在我胸中響起的，起始的聲音也一併想起。

○

「……」

我看見陌生的床頂蓋內側。

「小姐，您醒來了啊？」

聽見托爾的聲音，我用視線尋找托爾。

他立刻探過頭來看我的臉，讓我安心。

「這裡是尤利西斯殿下準備的，王宮內的一間房間，請您安心。」

「托爾……」

他脫掉外套，一身輕鬆打扮，我也被換上寬鬆的睡衣躺在床上。

嗯……是誰替我換衣服的呢？

「我失去意識了啊，真是沒用……」

真的，方才為止的我真的很不中用。

我想要坐起身，托爾扶住我的背幫我一把。

「前世的仇家就出現在面前，這也是沒有辦法的。」

「托爾……你相信我說的話嗎？」

「這是當然，因為是小姐說出口的話。」

托爾理所當然地表示，讓我有點驚訝。

他替我泡了溫熱的咖啡牛奶，把咖啡杯遞給我。

「請用。」

「謝謝你，我有多久沒有喝托爾泡給我的咖啡牛奶了呢。」

喝了一口，那是個溫暖全身的味道。

這種時候，他總是會泡比平常更甜，加更多牛奶的咖啡牛奶。

令人懷念得讓我眼眶泛淚。

「小姐？」

「對、對不起，我最近淚腺又變得很脆弱。」

把咖啡杯交給托爾，我用力擦拭眼睛。

只要在托爾面前，軟弱的我就容易冒出頭來。

「那個卡農將軍果然就是前世殺死小姐的人嗎？」

托爾輕聲低語說出那男人的名字。

「……對，雖然我不願意相信，但似乎是如此。因為卡農將軍實際上就對我這樣說。」

我也用毫無抑揚頓挫的聲音如此回答。

這對托爾來說，也非毫無關係的事情。

托爾似乎並不記得那個男人，但他手抵著下顎，深思著什麼。

「卡農將軍是福萊吉爾的重要人物，是好幾次從帝國的魔手中拯救福萊吉爾的英雄，為什麼這樣的人物，有必要到小姐的世界去殺害小姐呢？而且說起來，他是如何前往異世界……」

托爾的疑問非常合理，我也不清楚這些。

而且這都是十六年前的事情了。不，在異世界這個其他次元發生的事情，連時間概念能不能直接通用也不清楚。

「其他國家在轉移魔法的開發上很先進對吧？該不會，他們連轉移到異世界的方法也知道了呢？」

「這也不是不可能，都有從異世界而來的救世主了，異世界確實存在吧。」

接著托爾突然說出這種話：

「或許，福萊吉爾正在調查異世界也說不定。」

「咦？你認為異世界有什麼嗎？」

我們曾經活著的，那個地球。

「這就不清楚了，但我認為，或許和帝國的戰爭有什麼關係。因為我完全不清楚小姐與愛理大人曾經待過的異世界。」

「說的、說的……也是啊。」

托爾就算聽到這個話題，果然還是沒回想起任何事情。

他自己也曾活在那個世界的事情，身為齋藤徹那時的事情，全部。

「小姐，妳現在又一臉慘白，而且還有點發抖。」

托爾用手背貼上我的臉頰。

我的身體輕輕顫抖，甚至連自己也沒發現。

「就連體溫，感覺這體溫對小姐來說相當低，就跟您溺水時相同。」

「……你的體感該不會連我的體溫都還記得吧？」

我忍不住吐嘈他，但我現在大概露出無法不去意識到碰觸自己的男孩——情竇初開少女的表情吧。

但托爾根本沒有這種意識，所以才會這樣不介意地碰觸我。

我還是孩子時，即使托爾這樣碰我也沒任何感覺。這是理所當然的事情，甚至覺得這是我的特權而感到驕傲。

但現在心胸好痛，因為我已經有了戀愛的自覺。

彷彿前世的我……

都是因為想起這份感情，前世的悲劇又再一次在我腦海中上演。

橫倒在學校屋頂上的，初戀對象的屍體，就在我眼睛深處閃爍。

如果托爾又發生什麼事，我……

「痛……」

一陣劇烈頭痛讓我抱住頭，那時的記憶濁流般急湧而來，讓我感受到前所未見的痛楚。

托爾立刻發現我不對勁而站起身。

「小姐，您哪裡痛嗎？我立刻去找宮廷醫……」

「托爾，等等。」

我叫住打算跑出房間的托爾。

下一個瞬間頭痛消解，我感覺心情莫名地慢慢平靜，視線看著白色床單，雙眼眨也不眨地

拜託：

「拜託，今天待在這裡……」

「小姐？」

「我一直想起被殺時的事情，就像昨天才發生一樣。」

我顫抖著雙手，慢慢摀住自己的臉。

「他從背後，一刀刺穿我的心臟……」

火紅夕陽底下。

一片血泊的景色，還深深烙印在我的記憶中。

所以托爾，你絕對不可以靠近那個男人——

「那個男人，卡農•帕海貝爾將軍，是這樣殺害了小姐的嗎？」

在我說出警告之前，托爾已經靜靜地意識起敵人了。

這讓人背脊發涼，充滿寧靜憤怒的聲音讓我抬起頭。

之所以感到有點詫異，是因為托爾的表情，是我至今從未見過的冷酷男人的表情。

啊啊，真糟糕。

我到底是在他面前表現出多麼軟弱的樣子啊。

因為托爾過度冷靜地接受了我前世記憶的說詞，我似乎有哪裡誤會了，誤會了托爾對那危險男人一無所知。

不對，托爾相當憤怒。但他為了不讓憤怒爆發，強逼自己壓抑、控制，所以看起來才會那樣冷靜。

但他現在聽了我前世死時的事情，與現在的我交疊後，確實將男人認定為敵人了。

如果不希望那個男人和托爾扯上關係，我就不應該對托爾說出實情。明明不應該啊。

托爾發現我盯著他看後，他皺起眉頭柔柔地微笑。

接著，扶我慢慢躺下。

「……」

托爾的身體覆蓋在我正上方靜止不動，在最近的地方凝視我的雙眼。

沉默與寂靜。

我們的距離非常近，我都能從他紫羅蘭色的眼中看見自己的倒影。

「別擔心，我永遠站在您這邊。」

這能感受到呼吸的輕聲細語太狡猾了。

「您賦予我名字，讓我活下去，如果我無法保護您，那我就沒有生存的價值。」

但同時，也令我害怕。擔心如此珍視我的騎士對卡農將軍的警戒心，是否會朝恐怖的方向發展。

「不好意思，小姐，您很害怕嗎……？」

「什麼……？」

我現在露出什麼表情呢？托爾迅速離開我身邊，替我蓋好被子。

「小姐，讓我們稍微聊聊往事吧。」

接著，托爾再次在床邊的椅子上落座。

「我被小姐收留一年後左右吧，把我變成奴隸的海盜又來到卡爾泰德港口，在黑市販賣奴隸。奴隸們遭受過分對待，連活下去的力氣都沒有了。」

啊啊，我記得很清楚。那是我和托爾還是無知的孩子，只是單純小姐與騎士時的一個事件。

「我無法原諒這件事，但像我那樣的孩子什麼也辦不到。那時，小姐對我說了『托爾的敵人就是我的敵人』。」

托爾露出想起懷念往事的眼神，輕聲一笑。

「那個年紀，小姐用難以想像是男爵千金的詭計、膽識與擅長的魔法，把海盜打得落花流水。看見您奪取海盜船高聲大笑時，我心想『這人絕非凡物』。」

「竟、竟然是那件事？」

不，那時的我確實不知天高地厚。

我也清楚記得自己在搶來的海盜船上放聲大笑，父親還替我拍了照。

「那時，我覺得我在真正的意義上從奴隸身分解脫了。接著在心中發誓，我會追隨您一輩子。」

「……托爾。」

「所以，這次輪到我報答您了。」

托爾抬起微低的頭凝視著我，用他無比真摯的眼睛看著我。

「卡農將軍就交給我，我會盡可能蒐集與他有關的情報，搞清楚那個男人到底有什麼目的。」

「不、不可以，托爾。我說過了，不可以接近他。要是你有個萬一，我……」

我在被窩中不停搖頭，朝他伸出手，用力揪住他的衣袖。

托爾的心意讓我很高興，但我前世的恩怨在此根本無所謂了。雖然在意卡農將軍的目的，但在身邊的托爾對我來說更重要。

我們太過珍視彼此，不可以讓這份心意招致毀滅——

「請放心，小姐，我不會胡來，我也還有路斯奇亞王國騎士這個立場。請小姐別擔心，專心在魔法學校的課業上。再不久就要面對最後的課題和期末考試了對吧？」

「咦？」

托爾微微一笑，把我揪住他衣袖不肯放的手收進棉被裡。

有種被托爾巧妙閃過話題的感覺。

「一年轉眼間就過去了呢，我聽尤利西斯殿下說，小姐非常優秀，他很期待您將來的表現。您和小組同學們也持續拿出好成績，越來越信賴彼此了對吧。」

「但是我沒辦法馬上升上二年級，如果要以守護者身分前往聖地，應該會休學。」

而且那個男人說了。

聖地有我追尋的真相。

「這不好說。如果愛理大人辭退救世主地位的想法沒有改變，我們就會變成沒有必要的存在。未來的事情沒人能預測。」

托爾和我不同，對這件事情的看法不樂觀。

確實，看愛理那副模樣，我們守護者的未來不知道會如何發展。

愛理真的不想當救世主，想回到原本的世界嗎？

但是，確實有方法可以回去那個世界。

那個男人，卡農將軍到那個世界殺了我們的事實就是最好的證明。

第三話　魔物的標本

友盟國高峰會結束後，各國代表回國了。

似乎只有卡農將軍與夏特瑪女王陛下的蝴蝶精靈留下來，但友盟國高峰會之後，幾乎和我沒有交集。

另外，關於表明不當救世主的愛理。

正好在此時，救世主的守護者們接到禁止接觸愛理，留在米拉德利多候命的命令。現在別刺激愛理，讓她靜一靜比較好，這是監督者尤利西斯老師下的決定。

三王子吉爾伯特殿下在王宮也身兼與外交相關的重要職務，所以要他專注那邊的工作。

騎士團的萊歐涅爾和托爾一如往常做騎士團的工作。

我則是繼續盧內・路斯奇亞魔法學校的課業。

雖然有事情想問愛理，但我本身就是刺激愛理的要素，所以暫時不會讓我和她見面。這也是當然。

因此，我們守護者們，都不得不暫時遠離這份工作。

我回到日常生活，在盧內・路斯奇亞魔法學校中，和石榴石第九小組的同學們一起努力向學。

與卡農將軍的相遇擾亂我的心胸，但明年就要前往聖地，就算我不願意，也會在那裡得知各種事情吧。

世界各處都出現動靜，事態走向詭譎，但現在也只能盡最大努力做好準備，我要自己轉換心情。

這天是「精靈魔法學」與「魔法藥學」的聯合實習，我們來到學園的藥園島。

這是之前進行採集椪蕨，製作魔法眼藥水課題的場所。

各小組在此分散，掌握在野外可能會受哪些傷，學習遇到緊急狀況時該如何使用「治癒魔法」以及處方「魔法藥」的方法。

順帶一提，治癒魔法是精靈魔法學的管轄範圍。

我現在正在對人偶腳上出現的模擬割傷施展初步的治癒魔法。

「梅爾．比斯．瑪琪雅——治癒吧，縫合傷口。」

舉例來說，這個就是受傷時緊急處理的治癒魔法。

有讓傷口癒合、止血的效果。

如果在野外，也可能遇到判斷應該使用哪些藥草，當場製作魔法藥的狀況。我們要在藥園島上辨識、學習這種時候可以使用哪些藥草。

另外也有解毒魔法、止痛魔法等等的魔法；再更進階還有治療重傷、重病的治癒魔法，那是程度相當高的魔法。需要擁有複數專司治癒的精靈，學習專業的治癒魔法。

盧內・路斯奇亞魔法學校三年級時會以各領域專業分班，我聽梅迪特老師說，其中治癒魔法學科每年都深受學生歡迎。因為每家醫院都需要治癒魔法師，不用怕找不到工作，不需要擔心會餓死。

但治癒魔法的適性問題因人而異，且一次需要消耗大量魔力。專業的治癒魔法師，基本上都可說是相當優秀的魔法師。

而我呢，雖然很擅長製作魔法藥，但似乎不太擅長治癒魔法。

不只傷口縫線相當粗糙，更糟糕的是很慢才出現治癒效果。這在治癒魔法上是很大的缺陷，我們小組中最擅長治癒魔法的是尼洛，他效果出現的速度極快，幾乎可說是我的十倍……

「啊～肚子餓了啦！」

實習結束後，在藥園島上度過午休時間，真不愧是消耗魔力的魔法，肚子餓扁了。

「雖然聽說過了，但治癒魔法真的很累人耶。話說回來，用魔法藥既不用消耗自己的魔力，還更方便吧。」

弗雷因為實習而完全累癱了，對治癒魔法的存在意義抱持疑問。

「但也可能遇到魔法藥不夠，或是沒帶的狀況啊。」

「是啊，盡量把能學的治癒魔法學起來比較好。」

勒碧絲和尼洛似乎十分理解治癒魔法的必要性，因為他們有在不同於路斯奇亞王國，魔法藥不豐富的國家生活過的經驗。

我們在藥園島上的開闊處，落葉鋪成一片地毯的地方準備吃午餐。

抬起頭一看，樹木已經完全赤裸，但今天是爽朗的晴天。冬天腳步已近還能如此溫暖，是在路斯奇亞王國中位處南方的米拉德利多的特色。

學校發的午餐便當，是鯖魚和番茄的帕尼尼三明治。

把用橄欖油和鹽巴煎得酥脆的鯖魚，和厚切番茄夾進偏硬的麵包當中。

因為包裝在可維持剛出爐狀態的魔法紙袋當中，還帶著微溫。

一口咬下，鯖魚的油脂和美味在嘴巴中擴散，搭配多汁的番茄，非常好吃。只用橄欖油和鹽巴的簡單調味也更襯托出食材本身的味道，偏硬的麵包和多汁的配料絕配，完美撫癒了餓扁的肚子。

啊啊，真好吃，還想多吃點。

吃不夠、吃不夠。最早清空便當的我，在魔法竹籃中東摸西找，拿出今天早上捏的巨大飯糰，這是包了醃漬起來放的杏桃酸梅的飯糰。才吃完飯糰，我又拿出鹽蘋果，用長袍袖子擦擦紅通通的鹽蘋果，一口咬下。嗯，熟悉的味道，真好吃。

「瑪琪雅，妳最近真的很會吃耶。」

「咦？」

勒碧絲終於吐嘈了，因為我的食欲比先前更增加了許多。

環視小組成員，大家凝視著我不停吃東西的樣子。

「就、就是啊，我從舞會那晚之後，食欲變得很驚人……」

雖然覺得有點害臊，我又從竹籃中摸出洋芋片（鹽醋口味）的袋子一把打開，裝作沒聽見弗雷「喂，妳還要吃啊」的吐嘈。

沒錯，舞會那晚，又加上在迪莫大教堂與「青之丑角」對峙之後，我的食欲就增加了好幾倍。

「只是普通地正值生長期吧～」

弗雷邊偷吃別人的洋芋片邊說。

「……不，肯定是因為施展了『紅之魔女』的魔法，讓瑪琪雅身體消耗魔力的最大值提高了。因此需要從食物中攝取魔力的原料魔質。」

只有尼洛非常認真地考察我食欲大增的理由。

「或許就連現在，妳也還持續在補充因為那個魔法消耗的魔力。」

「什麼？現在也還在補？」

有這種事嗎？一般來說，魔法這東西只要耗盡魔力就沒辦法使用，而消耗掉的魔力幾天就能補回來。

怎麼可能長時間持續補充一個魔法消耗的魔力啊……

「我曾經聽說過，聽說有這類有『風險』與『代價』的魔法。」

「聽說過，聽誰說啊？」

「……我哥哥。」

捲起各色落葉的，強烈北風吹來。

尼洛彷彿追尋著北風的去向，慢慢抬頭看天空。

從枯枝縫隙中窺見的天空，是讓人感受秋天結束與冬天開始的白色天空。

尼洛的精靈，母鷹芙嘉悠然地盤旋。

感覺尼洛提到自己哥哥時，總是這樣遙望遠方。

「瑪琪雅小姐，可以占用妳一點時間嗎？」

在學園島港口下船時，教精靈魔法學的尤利西斯老師喊住我。

該不會是愛理身邊的狀況出現了什麼動向吧。

我要小組其他成員先到工作室，跑到尤利西斯老師身邊。

「瑪琪雅小姐，明天放學後可以請妳到第二圖書館來一趟嗎？」

「第二圖書館嗎？那裡不是禁止學生進入嗎？」

「特別允許妳進入，有個東西想要讓妳看。」

「？」

老師到底想要讓我看什麼呢？

是和守護者的任務有什麼關係嗎？

「我知道了。」

雖然感到很不可思議，我還是乖乖點頭。

「咕～咕～瑪琪雅小姐看到那個東西之後，肯定會嚇到腿軟呢，咕～」

停在尤利西斯老師肩上的貓頭鷹精靈幻特羅姆嘎嘎敲響嘴喙說話，明明到剛剛為止都跟個擺飾一樣安靜，突然開口說話讓我不禁嚇得聳肩。

話說回來，嚇到腿軟，到底是怎麼回事？我的心中湧起一抹不安……

「呵呵，說的也是呢……那麼瑪琪雅小姐，晚點見。」

尤利西斯老師也沒詳細說明，帶著滿臉柔軟的笑容轉身，拄著魔杖颯爽離去。

「嗯～尤利西斯老師的氛圍果然相當獨特呢。」

我手指抵著下顎，低聲呢喃。

該怎麼說呢……就和站在森林深處寧靜的湖畔，用力吸進一口空氣時相同，是清澈魔力的氣味。

尤利西斯老師被譽為路斯奇亞王國最強的魔法師，但我到現在仍未清楚看過老師偉大的力量。尤利西斯老師在學校裡使用魔法，只有要示範什麼給學生看時而已。

據傳聞，如果尤利西斯老師認真施展魔法，會讓梅蒂亞的自然界大亂、海水分割、大地分裂之類的。

有點令人難以置信，但有點，不，是相當感興趣。

將來有天，我能親眼見到尤利西斯老師認真的魔法嗎？

隔天放學後。

我照著尤利西斯老師的交代，來到位於學園島西側邊緣樹林中的「第二圖書館」。

各種時代、各種樣式的建築物林立是學園島很大的特徵，但據說這個第二圖書館是盧內・路斯奇亞魔法學校創建時的建築物。是深具特色的穩重灰色磚造的六角建築。

第二圖書館平常禁止學生進入。

我第一次進去裡面，有點緊張。

「哇啊！」

建築中的景色和我想像的有點不同，我不禁讚嘆。

裡面是彷彿又寬又深的臉盆般的凹陷空間，有種我從高處俯視第二圖書館內部的感覺。

空間上方有發光球體輕輕飄浮著，那淡淡地照亮圖書館內部。中央空間種植著巨大的棉樹，棉樹上有非常多棉花，就像在呼吸般發出淡淡光芒。啊啊，飄浮在空中的發光球體，原來全是這棵樹的棉花啊。

以棉樹為中心，排列著高聳的書架。

令人驚訝的是，側面擺滿高至天花板的書架。書之所以不會掉到地上，大概是因為這個空間充滿特別的飄浮魔法吧。

「感覺要在這個圖書館找到想找的書會很辛苦耶。」

這裡有一半的空間在地面下，我走下樓梯站在書架並排的書庫空間。

安靜無聲。

飄散舊紙張與塵埃的氣味，無人的圖書館讓人背脊發涼。

也因為暖氣沒太大效用，有點寒冷。除了發光的棉花及透過窗戶射進來的陽光以外沒有其他光源，圖書館中略為昏暗。

最重要的是，明明沒有其他人，卻莫名感覺到四處都有魔法氣息。

大概是記載在古書上的魔法造成的。魔法就算只有其痕跡或咒語的文字排列，也帶有什麼力量。

特別是越古老的東西會加倍增強魔力，我在魔法骨董店裡也感受過類似的氣息。

所以說，收藏古書的第二圖書館，如果沒有老師許可，學生無法輕易進出。

「尤利西斯老師人在哪啊？」

我四處張望，但老師似乎還沒有來。我抬頭看著高聳書架，在館內亂晃一段時間。

有沒有什麼有趣的書呢……

「嗯……地震？」

正當我要往下一列書架折返時，感覺到一股身體隱約能察覺的晃動。

高聳的書架搖晃讓我稍許慌張，但這不是一點晃動就會倒下的書架，我立刻發動防止跌倒的魔法。

當我原地不動後，晃動很快就停下來了。

路斯奇亞王國火山很多，本來就常地震，沒有人會因為這點搖晃而騷動……

「啊。」

大概是因為剛剛的地震吧。

有本書掉落在書架間的通道上，我很好奇，於是走過去把書撿起來，那是本厚重，非常古老的書。

「《古代精靈與其魔法》……Y・巴洛梅特著。」

Y・巴洛梅特？誰？

只不過一翻開封面，我立刻知道這本書的作者是誰了。

上面刻印著山羊頭蓋骨的標記。

這是三大魔法師之一「白之賢者」的符號，常在精靈魔法課本上看見。

「該不會……這、這是那個『白之賢者』寫的書？而且還是親筆書寫的正本耶！」

我無法壓抑激動的心情，心跳加速地當場翻開書頁。

真不愧是盧內・路斯奇亞魔法學校。這裡是「白之賢者」創建的魔法學校，擁有許多那位大魔法師留下來的書籍，肯定記載著現在路斯奇亞王國當成指標的，精靈魔法的根源。

只不過，課本也引用了非常多「白之賢者」留下來的書籍，許多內容我都讀過。我把課本都背下來了，連被哪本教科書引用在第幾頁中全都知道。

「嗯？啊啊……」

當我專注閱讀時，幾張後半的紙頁從書中脫落了。

是因為太舊才脫落，還是原本就脫落，亦或是我闖大禍了？

我慌慌張張地撿起飄落地面的紙張。

「糟了糟了糟了。」

我不只擅自閱讀貴重書籍，還把書弄壞了，如果被發現，會被那個溫柔的尤利西斯老師罵啊。

但是撿起書頁後，寫在上面的內容吸引我的目光。

因為上面寫的內容不是關於精靈，而是關於魔物。

這是至少在我讀過的課本上沒有引用過的，未知的內容。

【第十一章　關於魔物】

正如同梅蒂亞南方受到精靈加護所守護一般，梅蒂亞北方面臨魔物的威脅。

許多人常把精靈與魔物當作完全相反的存在兩相比較，但精靈是自然界的概念得到意志與形體後形成，而魔物是固有的生命體。也就是說，與人類、動物相同。

我的朋友「黑之魔王」曾經說過，並非魔物威脅人類的生命，而是人類侵略魔物的棲地。

所以那位魔王給予失去棲所的魔物國家，實現了統治魔物的偉業。

人類只要乖乖在旁守護就好了，卻把強大魔物所服從的那個「國家」視為人類共同的敵人，決定要毀滅之。

救世主的出現，更在背後推了一把。

已經無法阻止戰爭。魔法朝著我無法干涉的方向不停進化。

我無能為力。

我們遵照這個世界的法則，會確實地，被殘酷的死神殺害。

被那個金髮男子，殺害。

我瞪大眼睛。最後那四行字是後來加上的嗎？明顯與先前的記述不同，很像是匆忙寫下的。

「死神？……金髮的男子？」

閃過腦海的是那個男人的臉孔。

但這是五百年前的手札。

我湧起奇妙的不安，甚至讓我感到心悸，但我搖搖頭甩掉。

那男人從五百年前就存在，這怎麼可能？不可能、不可能……

「咳、咳。」

聽見女性咳嗽的聲音，我嚇得身體一震，闔上手上的書。

「啊啊，這個是那個……就……掉在這裡！」

找了個明顯不自然的藉口，但不知何時站在我身邊的這位女性並沒有責備我，她眼睛眨也不眨地看著我。

啊……她，不是人。

奶油色的直髮，和不自然的美麗微笑。

抱著書，一副圖書館員的打扮，但我立刻發現不對勁。

她大概是高等的召喚精靈化身成人形的存在。

「請問，您是瑪琪雅・歐蒂利爾小姐對吧？」

女性輕聲低語問我。

我誇張地用力點頭。

「殿下交代我帶您到地下室去，請跟我來。」

女性無聲無息地往前走，我迅速把書擺回書架，急忙跟在她身後。

她是第二圖書館的圖書館員嗎？她穿過中央巨大棉樹旁，接著在圖書館深處，看起來相當厚重的門前停止。

圖書館員輕輕推開門。

「請從這裡進入，殿下在下面等您。」

我照著她的話前進，門後有個往下的螺旋梯。

繞著螺旋梯往下走，立刻看見地下空間的光亮。

「哇啊。」

走下螺旋梯後，是個擺放許多四方玻璃櫃的空間，彷彿像個博物館。

我想著到底是擺飾著什麼東西啊，抬頭看最前方的大櫃子，樣貌恐怖的怪獸標本，讓我嚇破膽了。

「呀啊啊啊啊！」

這什麼這什麼……該不會是，魔物？

「不好意思，瑪琪雅小姐。」

尤利西斯老師的聲音慌張地從另一扇門後出現。

尤利西斯老師背後還跟著另外一個人。

「我稍微遲到了，因為完全逮不到這個人。」

「你這傢伙，別找機會把錯全怪在本大爺身上啊！」

尤利西斯老師響亮的溫柔聲音，和曾聽過的沙啞聲音。

但我的目光仍盯著眼前魔物的標本，僵在原地動彈不得。

「瑪琪雅小姐？」

尤利西斯老師的掌心在我眼前揮動。

「喂，混帳王子，這傢伙被魔物標本嚇呆了耶。」

「似乎是這樣呢。」

「啪」的彈指聲讓我回過神來。

「尤利西斯老師……？」

不知為何，那個耶司嘉主教就在尤利西斯老師背後。

「瑪琪雅小姐，不好意思，嚇到妳了。我的精靈似乎太早讓妳來這邊了……」

「該不會是指那個圖書館員吧？」

「是的，她是管理這個第二圖書館的棉花精靈利耶拉柯頓，中央不是有棵巨大棉木嗎？她原本是棲宿於那棵樹中的精靈。」

啊啊，原來如此。

所以那個女性圖書館員，是尤利西斯老師的精靈。

「把瑪琪雅小姐叫到這邊來，是想要對妳說與魔物相關的事情，以及為妳請了一位專屬的教練。」

「專屬的，教練？」

「是的，雖然不知道愛理會做出什麼決定，但守護者們在這段時間，必須克服自己不擅長的事情，並且鍛鍊那份力量。」

我有不好的預感，因為那個男人在尤利西斯老師背後不懷好意地邪笑啊。

「沒錯，就是這樣，要徹底鍛鍊妳的教練，就是大爺我。」

耶司嘉主教一臉得意地用拇指指著自己。

「嗚、嗚哇啊啊啊啊啊～～～」

一切都完了。

感覺人生到此結束的我，抱頭呻吟。

耶司嘉主教看著我痛苦的樣子格格發笑，尤利西斯老師手放上我的肩膀，還沒上課就先安慰我了。

「瑪琪雅小姐，我非常理解妳的心情，但別看他這樣，耶司嘉主教是很照顧人，指導能力優異的老師類型。我甚至想請他到盧內・路斯奇亞任教呢。」

「別看這樣是怎樣？本大爺不管怎麼看，都是引導人類的聖職者啊。」

「瑪琪雅小姐的『紅之魔女』魔法，大概在接下來會成為路斯奇亞王國的王牌。但是妳的力量還相當不穩定，妳要向耶司嘉主教學習魔法的本質與使用方法。」

尤利西斯老師打斷耶司嘉主教的話，分外抬舉我，似乎想要向我傳達些什麼。但比起這個，我得事師這個一臉惡魔樣的素行不良主教的衝擊，更加威脅我。

「這……這……不能請尤利西斯老師教我嗎？」

我最後終於用泛淚的小狗眼央求尤利西斯老師。

如果要請人教，我想要尤利西斯老師，想要尤利西斯老師，絕對想要尤利西斯老師！

但是尤利西斯老師「唔～～」地露出傷腦筋的表情說：

「我正在指導托爾耶。」

嗚、嗚哇啊啊啊啊啊啊！可惡的托爾，可惡，不可原諒，太令人羨慕了！

把尤利西斯老師讓給我啦！

「那麼，再來就請你們兩人決定方向吧。這邊有福萊吉爾捐贈的魔物標本，耶司嘉主教也是身經百戰的戰士，肯定可以聽到有趣的故事喔。瑪琪雅小姐，加油。」

「咦咦咦咦咦？」

尤利西斯老師，加油是什麼啊？是要我去死嗎？

啊，別走，別走啊！啊啊啊啊啊啊……走掉了。

然後，和這個聽說是身經百戰的戰士的主教一起，被留在恐怖之處中的，我。

「我話先說在前面，我管妳是貴族千金還是學生，我都不會手下留情。就算會死我也會鍛鍊妳。」

「……」

看吧，他都說出這種話了。

「那個，總之，可以請先告訴我，為什麼把我找來這個地方嗎？」

「啊啊，那個混帳，連這件事也沒告訴妳啊。」

耶司嘉主教在旁邊的木箱上坐下，用力地把一隻腳翹到另一隻腳的大腿上。

「哎呀，妳也因為不上不下的立場很悶吧，就想著為了將來有天準備，現在盡量增加的力量吧。所以想把打倒魔物的方法，當成知識盡量塞進妳的腦袋裡，才會來拜託身經百戰的主教本大爺。」

「打、打倒魔物的方法！」

——魔物。

那是棲息在梅蒂亞北部，擁有強大魔力的魔法生物。

非常兇暴且殘忍，加上他們醜陋的容貌，因此被當成危害人類的敵人。

過去曾服從於「黑之魔王」統治也是相當有名的事情。

因為這個路斯奇亞王國擁有強大的精靈加護，魔物無法入侵，國民幾乎沒有被魔物攻擊過。

「妳那什麼呆臉啊。妳在友盟國高峰會上也聽到了吧，艾爾美迪斯帝國召集魔物，組了魔物軍隊。」

「話說回來，為什麼魔物會聽從人類的指揮啊？」

「他們用了什麼方法，讓本來不服從人類的魔物順從了。這並非不可能，因為過去『黑之魔王』也讓魔物服從他的統治。」

這麼一說確實如此。

但我以為那是因為有「黑之魔王」那種大魔法師的力量才能辦到。

帝國除了「青之丑角」之外，也有其他力量強大的魔法師嗎？而且還是力量足以與過去的「黑之魔王」匹敵的大魔法師。

「耶司嘉主教曾經和魔物戰鬥過嗎？」

「有喔，我可是幹掉非常多魔物呢。」

「主教可以殺生嗎？」

「嗯？哎呀……」

耶司嘉主教含糊其辭，眼睛看著不知名的遠方。

他從木箱上站起身，走到我身邊，抬頭看剛剛讓我嚇破膽的魔物標本。

「這傢伙是大鬼，大鬼是中型魔物中最強的魔物。帝國魔物軍隊中數量最多的，應該就是這個大鬼。」

「……」

感覺被他帶開話題了耶……

那個異形怪物大概有我兩倍大，我也跟著抬頭看大鬼標本。

表面覆蓋灰色的硬質皮膚，手和腳上有野獸般的銳利尖爪。

這世界的標本塗上特別的魔法藥，所以能以與生前幾乎相同的外表保存下來。

睜大的眼睛中，埋入炯炯有神的紅色玻璃球，但聽說大鬼真正的眼睛是更鮮豔的紅色。

「這傢伙原本是不可能出現在路斯奇亞王國的魔物。他們在北邊山區有住處，就算會攻擊山中的村莊或旅行者，也不可能千里迢迢跑到路斯奇亞王國來攻擊人類。但是最近四處都確認了有大鬼出沒……妳明白這代表什麼意思嗎？」

耶司嘉主教露出有點不懷好意的表情問我。

「艾爾美迪斯帝國用轉移魔法故意送到路斯奇亞王國來的？」

我思考耶司嘉主教故意問這個問題的意義後回答。

不曾遭遇魔物威脅的這個國家裡，開始出現魔物的事實。

聽說擁有魔物軍隊的帝國的謠言。

以及，使用轉移魔法的戰爭，已經近在眼前的預測……

「沒錯，這種事情妳似乎也理解了。」

耶司嘉主教邊拍我的頭邊誇獎我，挺痛的耶。

「帝國現在處於派遣間諜到全世界，做好把自家軍隊送進別的國家的準備階段。這個路斯奇亞王國也不例外。三不五時送魔物進來，肯定是為了看清這國家的騎士和魔法師會如何應戰。」

「這麼說來，我有聽說夏天在路斯奇亞國境附近有大鬼出沒。」

我記得那次是騎士團副團長的萊歐涅爾先生前往討伐，那時似乎是順利討伐完成回到王都來了……

「妳知道大鬼的弱點嗎？」

「不、不知道。」

我當然不停搖頭。

而且說起來，我根本沒想過要打倒大鬼。

這或許可說是與魔物威脅無關的路斯奇亞王國人民才會有的，很悠哉的感覺吧。

「真不愧是和平到呆傻的路斯奇亞人啊。都不知道在歷史上，有多少人因為魔物中最殘暴種族的大鬼而犧牲啊。啊啊，梅・蒂耶。」

耶司嘉主教在胸前畫十字，很故意地祈禱。這世界的「十字」是世界的形狀，也被稱為梅蒂亞十字，是梵斐爾教的象徵。

才看見他符合主教身分的一面而已，「然後，關於大鬼」，他接著開始對我說明該怎麼殺了大鬼：

「說起來，大鬼是種會建立聚落集體生活，有智慧也有社會性的魔物。不可以當他們是野生生物。有小聰明、殘暴且毫無慈悲心，攻擊村莊時會一人不留全部殺光。而且還會偽裝成是人類山賊攻擊村莊。」

我吞嚥口水聽耶司嘉主教說話。

「普通的刀刃無法刺穿他們強韌的肌膚，但炙熱的刀刃就另當別論。」

「炙熱的刀刃？」

耶司嘉主教在他的主教袍袖子中摸索，拿出一把用舊的小刀。

這個人，為什麼理所當然地把小刀藏在主教袍中啊？

「啊……」

那把小刀一瞬間擁有火紅炙熱。

雖然沒有詠唱咒語，但應該是用【火】之魔法燒熱小刀吧。

「大鬼是極端怕火的種族，他們的肌膚可以用這種炙熱的刀刃劃開，所以要打退大鬼就要帶會用【火】之魔法的魔法師去。我以前曾經去遭受大鬼襲擊的村莊尋找有沒有倖存者……在慘不忍睹的屍體山中，只有【火】之寵兒的小嬰兒活下來。」

「什麼……」

大鬼害怕熱和火，沒辦法碰觸發熱狀態的【火】之寵兒，是這樣嗎？

「瑪琪雅・歐蒂利爾，妳是【火】之寵兒對吧？妳所使用的『紅之魔女』的魔法似乎也以火屬性居多，提升妳火屬性魔法的精準度，能更加自由運用就不需要害怕大鬼了。來吧，現在就對本大爺施展『紅之魔女』的魔法看看。」

對著張開雙手對我提出無理要求的主教大人，我只能冷汗直冒不停搖頭。

「請、請等等！」

「那不是說要施展就能施展出來的東西，而且超級累人的耶。每次施展後就會昏倒。而且……那個魔法……」

耶司嘉主教沒有放過我這有所迷惘的反應。

我從耶司嘉主教身上別開視線。

「怎麼啦，使用祖先的魔法讓妳猶豫嗎？」

「這是當然，因為那可是在世界中心開了大洞的『紅之魔女』的魔法。我明明還是個不成熟的魔女，要是什麼也不想就施展，失控了不知道會變成怎樣啊。」

我親身體認了那個魔法並非普通的魔法。

而且施展「紅之魔女」的魔法時，我會陷入一種一半意識被誰奪走，輕飄飄的奇怪感覺。

有誰引導著我，讓我使用那個魔法的感覺。

浮現在我眼睛深處，並非此處的何處。不是我的何者。

那大概就是「紅之魔女」吧。

她的心意和我的感情交疊，接著誕生出爆發性魔法。

那完全不是靠我一己之力可以成功的魔法。

「啊哈哈！」

我明明表情嚴肅說這件事，但耶司嘉主教似乎覺得很有趣，豪爽大笑。

「那是因為妳沒有任何自覺和覺悟就使用魔法的關係啊。」

「自覺？」

自覺是什麼自覺？我應該充分表達出，我還不足以成熟到使用那個魔法的自覺了啊。

「這間盧內・路斯奇亞沒有教你們什麼是魔法的根源嗎？比起在課本上學習的咒語和技巧，魔法更需要心的力量。或者是，也可說是『祈願』吧。雖然有點老套，也就是說，強烈願望的爆發，引發了名為魔法的奇蹟。」

我還以為他要說什麼，確實是很老套的說法。

但是，「願望」啊。

誕生在這個理所當然運用魔法的世界，所以我從未思考過，魔法確實是超乎想像的奇蹟。在地球上，那是孩子們的夢想，只能在最喜歡的童話故事中找到，每個人都有所憧憬的故事的產物。

「我問個問題，妳是在什麼狀況下使用『紅之魔女』的魔法？應該有什麼特定的，讓妳情緒激動的事情。有那樣的自覺，才能完成偉大的魔法。」

「……特定的，情緒激動？」

使用頭髮施展的紡車魔法，是為了要保護托爾和愛理，總之是拚了命。

使用眼淚施展的石化魔法，是因為「青之丑角」否定了我和托爾的關係，那讓我感到無可原諒。

……憤怒？

不對，感覺有哪裡不同。

我以為兩者的動機不同，但其本質又在哪裡呢？

我隱約靠感覺掌握到什麼，但那很難用言語表達。

「那個，那請讓我提問，耶司嘉主教是以什麼動機使用魔法呢？」

「我？我的動機是『制裁』與『救贖』。」

「什麼？」

這聽起來是與梵斐爾教主教身分無比吻合的標準答案，但耶司嘉主教口中的意思，似乎和我所想的意義不同。

「以自己的正義為基礎制裁。我對自己的信念沒有迷惘，所以可以施展強大魔法，拯救弱小，挫折強權。哎呀，我沒打算說什麼了不起的話，我只是幹掉看不順眼的傢伙而已。」

「這……身為主教這樣真的好嗎？」

至此好幾次對這個人產生的疑問，現在又更加擴大。

但耶司嘉主教以超乎想像毫無迷惘的表情繼續說：

「一旦迷惘就輸了。無罪者會在你迷惘的瞬間死去，弱小會被犧牲。這世界上就是存在無可救藥者，但我就能制裁他們，可以拯救他們。本大爺對自己的制裁沒有迷惘。自覺與沒有迷惘非常重要，不管周遭的人怎麼批評本大爺都無所謂。」

耶司嘉主教這番話，聽起來荒唐無稽，卻重重打上我的心。

他接著伸出手指指著我。

「不管怎樣，妳都需要更深層理解『紅之魔女』的魔法，並且鍛鍊到能自由操控。要是妳每次用完魔法就體力不支昏倒也很傷腦筋，而且一直沒有自覺只是突發性地施展那種魔法，遲早會出狀況，妳的心會崩潰。能使用那種恐怖魔法的『魔女的心要是崩潰』，那就真的是重演五百年前的慘劇了，對吧？」

撲通，心跳加速，令我不禁壓住胸口。

原來是這樣，是這麼一回事啊。

尤利西斯老師特地請耶司嘉主教指導我的理由。

不僅僅只是想要鍛鍊身為守護者之一的我。

五百年前，「紅之魔女」以自己的生命為代價，施展了足以在世界中心轟出一個巨大洞穴的大魔法。如果我無法完全掌控「紅之魔女」的魔法，是件非常駭人的事情。

要是我因為什麼原因，被這個魔法吞噬，失控的話……

「沒錯，我沒有迷惘。」

耶司嘉主教，是讀了我的心嗎？

他咧嘴露齒一笑，用稍微蒙上一層陰影的強勢笑容告訴我：

「如果妳失控，我會毫不迷惘地制裁妳，而這也會成為妳的救贖吧。但妳別怕，為了不讓那種事情發生，我會一直看顧妳。」

「……」

「所以妳就感激涕零地師事本大爺，超級景仰我吧，瑪琪雅．歐蒂列爾。」

於是，從今天起，我成為一隻師事素行不良主教的迷途羔羊。

第四話　生活魔法道具競賽

耶司嘉師傅的課程，沒有任何令人意外感，就是斯巴達教育。

上學前的早晨，以及放學後的傍晚，耶司嘉主教放在我這的鬼火魔物威爾・奧・唯普斯都會通知我上課時間。

在我安眠沉睡時，無比刺耳的鬧鐘今天也一大早起鬼吼鬼叫個不停。

「呀～呀～嗚嘎～嘰～嘰～嘰～」

鬼火在提燈裡邊用頭撞側面玻璃邊大吼大叫。

「啊啊啊啊啊，吵死人了。知道了知道了，你會把勒碧絲吵醒耶，噓，好啦好啦，乖啦乖啦。」

我慌慌張張起床，想要安撫大吼大叫的鬼火，此時，有兩隻小倉鼠出現在桌上。

「果然還是要給這傢伙一次教訓比較好吱……」

「打擾小姐安眠罪該萬死啵……」

「需要好好教育指導一下吱……」

「讓我們把他教成一隻有教養的鬼火啵……」

牠們正用可愛的聲音，碎碎念著恐怖內容。

比起我嘮嘮叨叨，咚助和波波太郎只是一瞪就讓鬼火乖得跟什麼似的，為什麼啊。瑟瑟發抖呢。

結果那天我也被叫到學園島的教堂，一大早先完成重訓菜單，不知為何還教我槍砲刀械的基礎使用方法。

最近每天都是這種感覺，到目前為止完全沒教我與「紅之魔女」魔法相關的任何事情。這什麼啊？

再這樣下去，感覺要變成滿身肌肉、金剛芭比的魔法兵耶。

我到底是為了什麼來到王都的呢？

守護者？那是什麼啊？好吃嗎？

這裡是哪裡？我是誰……

「瑪琪雅，瑪琪雅。」

「……啊！」

在我意識朦朧之時，勒碧絲把我搖醒，我嚇得抬起頭。

早已經是魔法學校的正規課程中了。

「瑪琪雅・歐蒂利爾小姐，妳竟敢在我的課堂上打瞌睡，還真是有膽量呢。」

「咦？啊！那個……」

我瞬間驚醒，開始發抖。

因為魔法世界史的瑪麗・埃利希老師一臉恐怖地俯視著我。

「瑪琪雅小姐，妳最近常常心不在焉，還有前陣子的小考也是，很難得看到妳竟然會粗心大意。」

「唔……」

因為這樣，我小考考輸同組的尼洛，以及競爭對手貝亞特麗切。

「我很看好妳，再過不久就要期末考了，請妳振作精神好好上課。」

「是、是的……」

我臉紅成一片，縮起身體。上課中被老師罵，也聽見周遭的人竊笑的聲音。

可惡～看什麼看啦。

我才不是小丑咧！

「還真難得看到組長被罵，真有趣。」

上完魔法世界史後，弗雷迅速跑來調侃我。

「弗雷你笑什麼笑，當然啦，你已經被罵習慣了嘛。」

而我呢，心情有點不爽。

「瑪琪雅，妳最近是不是很累啊。黑眼圈很深耶，妳在做什麼事嗎？」

尼洛探過來細細觀察我的臉，我迅速從尼洛臉上別開視線，連我自己都覺得不自然。

我還沒對組員們說出自己是守護者的事情。

而且說起來，接受梵斐爾教的主教大人戰鬥訓練這件事，連我都覺得滿滿吐嘈點，根本不知從何說起……

「瑪琪雅最近一大早就出去訓練，放學後也是……」

同寢的勒碧絲至今對我令人費解的行動始終沒有特別說什麼，但也終於感到非常不可思議了。

「只、只是去慢跑和練肌肉而已啦！我最近迷上鍛鍊。這麼說來，勒碧絲昨天也很晚才回宿舍耶，那個打工嗎？」

「咦？喔喔……對啊。」

對顯而易見轉移話題的我，勒碧絲也回以含糊不清的回答。

保持神祕感是魔法師的原則，所以我們對彼此的事情都不過度干涉，即使如此，還是會有些在意。

勒碧絲正在指導誰什麼事情。那似乎是類似魔法家教的打工，但我也不知道詳情。

感覺她最近因為這件事外出的次數變多了。

另一方面，男生們……

「尼洛，你昨天整晚沒睡對吧，才沒資格對別人的睡眠不足說三道四咧。」

「你昨天晚上也跑出去玩了對吧，早上回來時的濃烈香水味讓我很不舒服。」

「哼～尼洛小弟弟還是個小朋友呢～」

根本不在意魔法師的原則，彼此想說什麼就說什麼。

尼洛請睡覺。弗雷請多少念點書別再留級了……

接著，在我和組員一起走進學生餐廳時，發現餐廳異常嘈雜。

餐廳平常就很熱鬧，但該怎麼說呢，學生們嘈雜的聲音帶著興奮，熱血沸騰的感覺。

「啊，瑪琪雅！」

石榴石第八小組的組長莎夏拿著號外快訊跑到我身邊來。

她是組長會議時坐在我旁邊，很愛說話、愛八卦的女生。

「快看快看！速報！大王子迪大人締結婚約了呢！」

「……什麼？迪大人？」

路斯奇亞王國大王子，艾德蒙・迪・路易・路斯奇亞。

這麼說來，我國還有大王子。國民都叫他迪大人或是迪王子，深受大家喜愛。

對我來說是完全沒有交集的王子，這也是當然。

大王子現在派駐福萊吉爾皇國，身負路斯奇亞王國與福萊吉爾皇國橋梁的重任。

我國的這位大王子，和福萊吉爾皇國的二皇女諾菈大人訂下婚約了，福萊吉爾的二皇女，也就是那位夏特瑪女王的妹妹嗎？

這是路斯奇亞王國與福萊吉爾皇國，為了誇示彼此更加強固的聯繫的政策聯姻，除此之外不做他想。

順帶一提，國內也有多位大王子的太子妃候選人。

我的兒時玩伴，公爵千金絲米爾妲也是太子妃候選人之一，她在這場妃子競爭中敗陣了啊。比格列茲公爵收托爾為養子，並以守護者身分將他送入王宮，應該是讓絲米爾妲成為太子妃的一步重棋啊……

絲米爾妲，別灰心。我有點擔心她現在是不是很沮喪。

但女學生們興奮騷動的，似乎不只是大王子訂婚的話題。

「看這邊！尤利西斯老師似乎也訂婚了耶！」

「什麼！」

對此，我也感覺到天打雷劈的衝擊。

忍不住從莎夏手中搶過報紙，目不轉睛地看這則新聞。

雖對大王子的婚姻沒太大興趣，但換成尤利西斯老師就不能當沒看見了。

我對溫柔又美麗的尤利西斯老師也有點憧憬，也和其他女同學一樣受到打擊。然後腦粉的心情被擾動，非常在意對方是誰。

「到、到底是和哪家的千金小姐訂婚啊？」

「聽說是和梵斐爾教國的『綠之巫女』訂婚，似乎是很早以前就決定的婚約。」

「『綠之巫女』大人？」

聽見令人意外的名字，我睜大眼睛。

——綠之巫女。

那是梵斐爾教的最高權威，可以聽見世界樹梵比羅弗斯聲音的特別存在。

在救世主傳說中，救世主和守護者要到聖地去請求「綠之巫女」惠賜預言。

我記得「綠之巫女」一直都是世襲制，其特殊能力會由女兒及孫女繼承，誕生下一代的巫女。所以女婿的選擇相當重要，聽說盡可能選擇魔力高的人。

也能理解尤利西斯老師會被選上。

而且對路斯奇亞王國來說，也能和梵斐爾教國建立更確實的關係。

這個國家的王子們都是有自覺地成為政治的籌碼。

「……唉，連自由戀愛都不行，當王子果然沒一件好事。」

我們石榴石第九小組的五王子弗雷坐在後面的座位碎碎念。

我沒錯過這句話，偷偷回頭看，只見他撐著下巴一臉不悅。

「幹嘛啊，你也有親事找上門了嗎？」

「啊~嗯，最近發生了很多事。吉爾伯特囉哩叭唆個不停。」

「……什麼？」

不對，我記得他之前也曾經說過有千金小姐找他談親事之類的事情。

但他可是弗雷耶，我覺得應該會很機靈地逃開吧。

還是和他水火不容的吉爾伯特王子對他說了什麼呢？

學校的學生們對尊貴王子們的婚事話題悸動、興奮尖叫，但我很嚴肅地思考起王子們被分配到各國去的意義。

把全世界捲入其中的戰爭即將開始。

感覺他們如此確信，盡其所能地做好所有防禦的準備。

但路斯奇亞王國長年和平，帝國的威脅和魔物的威脅都離這個國家很遠，國民的危機意識淡薄。感覺戰爭也是遠方國家的事情。

轉移魔法更加發展後，就不能如此悠哉了。

因為魔手肯定會伸進這個國家。

這天精靈魔法學課堂中，光是尤利西斯老師走上講台就讓所有人躁動不安。老師大概也感受到這股氣氛而睜大眼睛。

「哎呀，大家怎麼啦？你們的魔力有點不太平靜耶。」

「老師，恭喜您訂婚。」

坐在前方座位的第八小組組長莎夏突然冒出祝福的話，以此為起頭，教室響起了熱烈掌聲。

尤利西斯老師終於理解教室裡這股輕飄暖呼氣氛的意思。

「哎呀呀，原來如此，大家都知道了啊，真是敗給你們了。」

老師搔搔臉頰苦笑，停在他肩上的貓頭鷹精靈幻特羅姆也說：

「殿下終於也成為新聞和八卦雜誌的目標了吧？咕。」

「什麼八卦啊，這個婚約從很早以前就決定了是真的。」

尤利西斯老師輕咳一聲說：

「謝謝大家。雖然無法詳細說明，但就是這麼一回事。我們現在專心上課……」

「老師，您要和教國的巫女大人結婚，表示您要離開盧內・路斯奇亞學校嗎？」

「如果尤利西斯老師離開了，那到底是誰要來教我們精靈魔法學呢？」

「不要～～我是因為尤利西斯老師才進盧內・路斯奇亞念書的耶～～」

學生們七嘴八舌問尤利西斯老師問題，總之非常吵鬧。

我也有好多問題想問。

「安靜下來。」

尤利西斯老師把手指抵在嘴唇上如此說，教室裡的每個人都閉上嘴了。

音量明明不大，卻是有強制力的聲音。

「關於我的事情，往後會陸續公布，在這之前，身為盧內・路斯奇亞的教師，我會負責指導你們。」

老師接著停頓了一會兒，告訴我們非常重要的事情。

「接下來，今天我想要向大家發表第一學年最後一個小組課題。」

嘈雜聲四起……

這是個非常適合讓教室氣氛一百八十度大轉變的，突如其來的發表。

來了。我也想著差不多該來了，要在這學年進行的最後一個小組課題的發表。

「欸欸，勒碧絲，我覺得差不多應該會讓我們一對一決戰之類的了耶。」

我偷偷對旁邊的勒碧絲說我自己的猜測。

「哎呀，如果是那樣就辛苦了。我和瑪琪雅應該是沒什麼問題，但尼洛和弗雷可能會被打死吧……」

「我們小組是女生對戰鬥類比較強嘛。」

坐後面的弗雷還說著「喂，我聽見了耶」。

此時，尤利西斯老師把魔杖往地板一敲。

「尤里・由諾・西斯——水啊，變成鏡子吧。」

平常總是不詠唱咒語，只有這時候難得念出咒語，旁邊出現一個巨大水鏡。

我想著是什麼事而注視著鏡子，山羊的臉突然出現在水鏡中。

好幾個同學不禁小聲尖叫。

從鏡子中露臉的，無須隱瞞，就是我們盧內・路斯奇亞魔法學校的校長。

「喲喲，貴安啊，一年級的同學們。吾輩乃是潘・法烏奴斯，盧內・路斯奇亞魔法學校的校長是也。」

這大家都知道啦。

大家感到疑問的，是校長為什麼會在此時出現。

從水鏡中露臉的潘校長轉動他玻璃彈珠般的眼睛，環視所有學生。

「各位同學的第一學年終於也接近尾聲，看大家都很在意最後的小組課題啊。」

潘校長咧嘴露齒而笑，好恐怖喔。

「這最後的課題是由吾輩為主要負責人出題，替大家評分。參與學科有精靈魔法學、元素魔法學、魔法工程學、鍊金術、尖端魔法學……」

聽到這一連串的學科，就連我也不禁驚呼「什麼」了。

因為連一年級只有稍微接觸的魔法工程學、鍊金術、尖端魔法學也列入評分範圍中。

「主題是『生活魔法道具競賽』是也！」

「喔～～」學生們驚呼。

等到潘校長說完這句話後，尤利西斯老師用飄浮魔法將資料分發到各張桌子上。

我看資料確認概要，意料之外的課題讓我瞠目結舌。

「生活魔法道具競賽啊，出乎意料之外耶，勒碧絲。」

「是啊，難得瑪琪雅的預測失準了耶。」

「……誰啊，是誰說要一對一決戰的？」

「是瑪琪雅。」

就資料上來看，看起來這個課題正如其名，要各小組製作可以在日常生活中派上用場的魔法道具。

乍看之下很不起眼，但我試著思考由校長直接給出最後的小組課題的意義。

最近因為尖端魔法的發展，「魔法道具」的重要性與日俱增。

我們一年級最後的課題，或許是讓我們有所自覺，要看清我們是否具備創造新事物的創意的適性。

培育創造新魔法道具的魔法師，或許就是當務之急。

「呵呵，我們贏定了。」

在玻璃瓶工房裡，弗雷十指交扣擺在後腦勺，晃動坐著的椅子，一副十拿九穩游刃有餘的態度。

「我們小組有這方面超強的尼洛，而且還有會使用鍊金術的勒碧絲小姐在啊，絕對不可能輸的。」

「……」

哎呀，雖然這樣說不太好，但就是這麼一回事。

雖然我不是很想同意拿別人的力量表現出游刃有餘態度的弗雷啦。

「就算毫無意義地塞進一大堆尖端魔法技術，我也不認為可以在競賽中獲勝。」

但天才尼洛說出不同的見解，眼神冷淡地看著我們。

鍊金術師勒碧絲也輕輕舉手，非常不好意思地說出驚人之語：

「那個，其實我除了武器之外還沒辦法很好地鍊成。如果是武器應該可以有一定程度的完成度。」

哎呀，就是說啊。如果不和之前一樣，組員們同心協力一起絞盡腦汁想出好點子，那課題也沒有意義了。

生活魔法道具競賽的概要如下：

・與食衣住有關的道具。

・製作現代的非魔法師日常生活中可以使用的魔法道具。

・非魔法師可以搬運的大小。

＊設定一段試用期間請米拉德利多的非魔法師試用，他們的意見將會反映在競賽成績上，競賽結果將在結業式中發表。

以上。

簡而言之，再三強調的就是製作能在「非魔法師」的生活中派上用場，便利的魔法道具。

「沒有材料與道具類型的限制嗎？」

勒碧絲提出單純的疑問。

我們又再次仔細詳讀寫著課題概要的資料。

「從到目前為止的課題傾向來看，只要遵守概要上寫的事項，除此之外完全自由。」

尼洛說道。

「也就是說，用什麼都可以囉？」

「大概是，只要能拿到手。」

原本一副游刃有餘的弗雷突然朝桌子探出身體，憤慨地說：

「什麼？那有有錢人的小組絕對比較有利啊！」

「不……弗雷，你是王子耶？」

我常常覺得，弗雷幾乎沒什麼身為王子的自覺。大概是因為他幾乎沒有行使身為王子的權利吧。

「我覺得不可能出現有錢人有利的狀況，我不認為盧內・路斯奇亞的老師會給這點高評價。而且這次課題的主要負責人是那位潘校長。」

感覺尼洛說的話莫名有說服力。

完全不覺得那個潘校長會給只是丟入大量技術與資金的魔法道具高評價，感覺雖然笨拙，點子卻很亮眼的魔法道具才可能令他讚賞。

另外，也要把焦點放在使用者限定為非魔法師這點上。

得要是對不會魔法的一般人而言，容易使用且能派上用場的道具。

因為要請米拉德利多市民來評價，大概也會藉此來看清學生是否有考慮他們的需求，將其融入課題中。這是個考驗觀察力與品味的課題。

「這意外的，或許是個很難的課題呢。這個課題，比起魔法道具最後的完成度，應該會更加重視點子及其製作過程吧。我們還只是一年級，本來就沒有很多製作魔法道具的專業知識。」

雖然這樣說，尼洛似乎相當開心。

不，他的表情和語氣都和平時同樣平淡，但總覺得看起來很興奮。

「點子肯定就散落在日常生活與城市當中。幸好這是長期課題，希望各自可以在下週前思考企劃。至少希望可以把主題限制在食、衣、住的哪個範圍上。」

「好～」

組長的我也跟小朋友一樣舉手遵從尼洛的指示。

平常都是我一副了不起地領頭，尼洛安靜在旁輔助我，這次怎樣都要讓尼洛主導，我轉為輔助角色。就這麼辦。

嗯，為了能夠好好輔助，我也得要想想有沒有什麼好點子。

那天放學後。

在學園島的舊教堂中，身穿魔法體育課用的運動服打禪的我，和一如往常身穿主教袍的耶司嘉主教。

「喔，生活魔法道具競賽啊。」

耶司嘉主教在我身邊，對於今天發表的最終小組課題，做出看似有興趣又像是沒興趣的反應。

「對。但魔法道具這個課題，感覺有點不太像盧內・路斯奇亞會出的題目……話說回來，為什麼要打禪讓檸檬浮在半空中啊？而且說起來，梵斐爾教會打禪嗎？」

「別說廢話！把魔力集中在檸檬上。」

「呃，我們到剛剛為止都很普通在對話耶。」

耶司嘉主教每天在這裡帶我進行各種鍛鍊，但今天不是訓練肌肉也不是教我用槍械，而是在地板上打禪，然後讓隨處摘下來的檸檬持續飄浮在視線以上的不明訓練。

飄浮魔法，我以前很不擅長，但因為托爾非常擅長，我為了要追上他而拚命練習。現在，我在同年級的程度也是前段班，自認為相當擅長。

但和如呼吸般運用自如的托爾相比，還差得遠就是了。

「妳知道為什麼時至今日，突然開始重視起魔法道具嗎？」

要我別說廢話，卻自己開始說起廢話來的耶司嘉主教。

但他平常老是這樣，我已經不想吐嘈了。

「因為只要有魔法道具，非魔法師的任何人都可以使用相同強度的魔法。現在魔法道具的性能相當發達，就算不特地到魔法學校來修煉，只要有魔法道具，每個人都能發揮魔法效果。雖然一個魔法道具能做到的事情有限。」

「這是指魔法師會消失嗎？」

「不是，而是可以增加等同於魔法師的人，各處皆是。」

各處皆是。那是指連北方的艾爾美迪斯帝國、西方的福萊吉爾皇國都是的意思嗎？以及，路斯奇亞王國這裡也是。

「而且說起來，帝國針對魔法道具……特別是魔法武器的開發灌注心力，正是因為想要增加能做魔法攻擊的士兵。比起培育眾多魔法師，增加會使用魔法道具的非魔法師效率更好。反正他們抱著把這些士兵用完就丟的打算啦。」

「……怎麼這樣。」

但這就是現實。戰爭開始後，許多士兵會上戰場戰死。

想要培育魔法師也有極限，而持有魔法道具的非魔法師，只要魔法道具可以量產，就能要多少人有多少人。

「雖然這樣說，但魔法是種驚人的東西，到最後，只要有一個不同凡響的超強魔法師在，就能顛覆狀況。與數量毫無關係。」

「那是指，大魔法師……嗎？」

在梅蒂亞中，寫下歷史篇章的那些人。

「沒錯，只要一個大魔法師就能改變戰況。所以不管魔法道具的開發有多進步，都不可能不需要魔法師。而且開發魔法道具的人，最終還是魔法師。也就是說，平衡很重要，培育魔法師以及開發尖端魔法和魔法道具，最好可以同步進行。路斯奇亞王國雖然很擅長前者，但後者就晚大家一步了。都是因為你們過度信任老八股的精靈魔法啦。」

耶司嘉主教嗤鼻一笑，鬆開打坐的腳站起身。

一把抓住飄浮在他眼前的檸檬，連皮一口咬下，大口大口吃起檸檬來。應該很少看見連皮吃檸檬的人吧。

「來，妳也別繼續打禪了，吃吃看自己的檸檬。」

「什麼？」

「……嘖，拿妳沒辦法。」

耶司嘉主教邊咋舌邊從懷中拿出小刀，切開檸檬。

「拿去，就算只吸果汁也好，總之吃吃看。」

看起來很酸的檸檬果實。光看就口水直冒，我做好覺悟大口朝果肉咬下。

「咦？沒有味道。」

令人驚訝的，檸檬果肉別說酸了，根本沒有味道，無臭無味。

「喔，妳會變成『無』啊。」

耶司嘉主教視線邊往斜上方飄邊說：

「利用魔法持續飄浮的物質，會因為自己的魔力產生什麼變化。妳似乎會讓檸檬的味道消失，而我呢，會把檸檬變得像糖漬檸檬一樣甜，連皮都能吃。」

「是、是喔。」

所以才會連皮一口咬下啊。

這是我第一次聽到利用飄浮魔法持續飄浮的食物味道會出現變化，真有趣。

「話說回來，這到底是什麼訓練啊？」

「理解魔法，更加理解根源的訓練。妳看看這個教堂的壁畫。」

耶司嘉主教一把在祭壇上坐下，指著畫在教堂微高處的古老壁畫。

褪色且四處出現裂痕或有破損，那是繪有梅蒂亞創世神話中十位神明的壁畫。

——梅蒂亞的創世神話。

過去，這個世界除了世界樹梵比羅弗斯以外沒有任何東西，但十位「原始魔法師」降臨創造了「救贖世界・梅蒂亞」。

創造之神　帕拉・艾克羅梅亞
時空之神　帕拉・克隆多爾
戰爭女神　帕拉・馬基利梵
豐饒女神　帕拉・狄蜜特麗絲
精靈之神　帕拉・由堤斯
命運女神　帕拉・葡希瑪
法律與秩序之神　帕拉・托利塔尼亞
勝利之神　帕拉・格蘭蒂亞
災厄之神　帕拉・耶利斯
死亡與記憶之神　帕拉・海帝菲斯

「梅蒂亞的創世神話中有個『卵之命運』的軼聞，神明們讓蛋飄浮在空中持續給予魔力，比賽誰先孵出來，一個很瘋狂的遊戲。」

耶司嘉主教注視著壁畫，很諷刺地笑了。

「但是，有些蛋孵出小雞來，也有蛋只是變了味道，還有蛋裡面變得空無一物。最糟糕的似乎是蛋裡面的東西變成怪物。」

「……怪物？」

我突然回想起前幾天看見的魔物標本。

難以想像是世間之物，醜陋又令人毛骨悚然的模樣。

「簡而言之，我想說的就是魔力因人而異。妳的魔力本質是什麼，妳自己需要有自覺。神明們透過這件事情理解自己魔力的特性，運用各自擅長的領域創造了世界呢。」

沒錯。原始的魔法師們各自專精自己的魔法，在這世界中創造出各種東西。

所以成為這世界的神。

但最後他們開始互相爭戰，毀滅了自己創造出來的世界。

世俗將這個最終戰爭稱為「巨人族戰役」。

我再次抬頭看十位神明的壁畫。

「咦？壁畫上的每位神明都是側臉，只有一位神明是正面耶，這是為什麼呢？」

「啊啊……」

耶司嘉主教瞇起眼睛，低聲淡淡闡述：

「那是死亡與記憶之神帕拉・海帝菲斯。這位神明和統治地上的其他神明不同，管理地下的死者國度。所以他所看的方向和其他神明都不同。」

這樣啊，也就是說被排擠了吧。

只有一個人看著不同方向，總覺得好像有點悲傷。

幕後　愛理，這個世界不是我的世界。

我的名字叫做愛理。

以梅蒂亞救世主身分降臨的，來自異世界的少女。

「……唉，好痛。」

自從在友盟國高峰會闖大禍那天起，我就把自己蒙在房間床上的被子裡，呆呆度日。

最近，我都是這種感覺。

我一直以為，這世界是我創造出的理想故事中的世界。

我深信，根本不曾懷疑過。

一切都會照著我所想的發展。

之所以想要這麼想，是因為我不想要在這個世界中感受到「現實」。

每天保持作著想作的夢那般，輕飄飄的幸福感……

所以我把這世界的人們全部視為故事中的角色，和他們接觸。

但是，我錯了。

瑪琪雅說了。這個世界不是《我的幸福物語》的世界。

那是我持續創作的故事標題（暫定）。

知道這直接表現出我的願望的標題的人，只有我那已經過世的好朋友。

瑪琪雅真的是，小田同學……嗎？

「……瑪琪雅……」

我花了不少時間，才終於接受了瑪琪雅說的那句話。

一開始，我試圖讓自己以為那是壞魔女想要蒙騙我的話，但自從開始意識起之後，我一點一滴領會到了。

啊啊，這世界果然是現實啊，是真實的。

因為故事不停朝和我所想不同的方向發展啊。

不對，打從一開始就不同，只是我總是朝對我有利的方向解釋而已。

「愛理。」

有人敲我的房門，我聽見吉爾伯特叫我的聲音。

吉爾伯特，這個路斯奇亞王國的三王子。

頑固，卻是王道的美形男子，是非常喜歡我的成年男子。

「別進來！」

我拒絕他進房間。

不只吉爾，我也極力遠離其他守護者們。

曾經那般珍視的，我的守護者們。開始拒絕他們，是從我開始理解，他們是現實中存在的「男人」之後。

那絕非存在於故事中，用幻想與理想塗抹的角色，而是現實中的，男人。

現實的男人很恐怖，很噁心。

我之所以會有這種想法，全都是母親帶進家門的那些男人的錯……

我和同齡的男生可以開心對話，表面上也能正常相處。但會因為什麼原因讓我萌生不知該如何相處的感覺，對我來說，男人就是這樣的生物。

守護者們也相同。

至今明明是只把我一個人當成重要存在的故事中的理想角色，卻在理解這世界是現實後，感覺他們突然變成活生生的存在。

變成我不擅長的，什麼生物。

「愛理，對不起。我不知道妳竟然累積了那麼多的壓力，讓妳一直背負著救世主這個重擔。如果妳說妳不當救世主了，我也不會否定妳。我會負起全責。」

「……」

吉爾隔著門說著什麼，非常拚命。

要是我說我不當救世主，這個世界絕對會責備我。身為守護者，同時也是這個國家王子的吉爾，應該會最辛苦。

吉爾在門後，用已無退路的口氣繼續說：

「但是，我也不知道送妳回去原本世界的方法，或許世上根本沒有那種方法。據說歷代的救世主都留在這個世界。梵斐爾教國的主教根據歷代的紀錄如此表示。」

「……」

喔，是這樣啊。

我其實並沒有打從心底想要回去原本的世界，因為我仍舊討厭那個世界。

只是，已經沒有繼續待在這裡的意義了，所以……

「愛理，妳可以再聽我說另一件事嗎？」

感覺吉爾的語氣稍微有點改變。那是緊張，卻也讓人感受到強烈意志的語氣。

我就這樣蒙在棉被裡，充耳不聞般地聽著。

「我啊，即使愛理不再是救世主了，妳仍是我這世上最愛的人，這份心意沒有改變。」

「……」

「我發誓我會一生守護妳，可以請妳成為我的妃子嗎？」

「……妃子？」

我稍微抬起頭。

稍微思考這句話的意思。

「那什麼啊，你傻了嗎？」

接著，口吐否定話語。

吉爾喜歡的人，是救世主的我。

來自異世界的，閃閃發亮的特別女孩。

現在的我，只是個理解了現實，嘔氣鬧彆扭沒幹勁的女子。

完全無法擔綱故事主角的角色。

「而且說起來，比起吉爾，我更喜歡托爾啊。」

我知道這句話會傷害吉爾，還是說出口了。

「……這樣啊。」

一段沉默之後，才終於從門後傳來這句話。明明隔著一扇門，卻可以從聲音想像出吉爾的表情。

而吉爾，就這樣離開了。

奇怪的吉爾，為什麼要突然向我求婚呢？

王子大人隔著一扇門告白，這也太奇怪了，超級奇怪。

第五話　垃圾堆裡的孩子們

「那麼各位，我們要全力挑戰生活魔法道具競賽喔！」

在我們當作據點的玻璃瓶工房內，我高聲鼓舞石榴石第九小組的組員們。雖然組員們被我嚇了一跳。

今天要繼續討論最後的小組課題「生活魔法道具競賽」。

與「食、衣、住」有關的魔法道具。

那麼，該選擇哪個主題，做什麼道具呢？

「我堅決認為，和『飲食』有關的魔法道具最好。因為米拉德利多有非常多美食啊。」

我立刻在黑板前得意洋洋地發表意見。

只論衣、食、住，絕對，對「食」最有興趣。

但是——

「食？我們最近才被馬鈴薯專題研究搞得人仰馬翻耶。我才不要做跟吃有關的。」

弗雷如此表示。那確實是個相當折磨人的課題。

「這次又不需要吃馬鈴薯吃到死，只要不做蒸馬鈴薯的道具。」

就在我和弗雷一來一往就快要吵起來時，尼洛手指抵著下顎稍微思考後慢慢開口：

「假設把主題限定在食上面，瑪琪雅想要做什麼魔法道具呢？」

「這個嘛，炊飯鍋。」

「……炊飯鍋？」

每個人都露出「沒聽過這東西」，聽不懂我在說什麼的表情。

這也是當然，路斯奇亞王國根本沒有炊飯鍋這種東西啊。

只不過，前世身為熱愛米飯的日本人，我在黑板上畫出炊飯鍋來解說。

「炊飯鍋，就是這種形狀，專門拿來煮飯的道具。」

「……」

咦？神祕的沉默。

組員們彼此面面相覷。

「但那和用鍋子煮有什麼不同？」

「完、完全不同啊，尼洛！這是專門煮飯的道具啊，只要一個按鍵就能自動煮好飯，預設時間後就會自行啟動，煮好之後也會幫忙保溫……很方便的耶？」

在我熱烈發表意見後，組員們仍一臉不太理解的表情。

「那是組長喜歡米飯，根本只對妳自己有利啊。」

弗雷精準吐嘈。

我「唔」的一聲稍有退卻，但仍拚命主張。

「才沒那回事！最近米拉德利多很流行米飯料理耶！」

勒碧絲大概想到什麼，插嘴表示：

「這麼說來，我之前有聽說，從東邊國家來的白米輸入量大增，米拉德利多風味的米飯料理開始普及，加上又有異世界救世主大人喜歡米飯料理的傳言，所以最近蔚為風潮呢。」

「你、你看！勒碧絲也這麼說。」

我抓起替我助陣的勒碧絲的手，緊緊握住。

真不愧是我的好朋友，最喜歡勒碧絲了。

「但是……米拉德利多的米飯料理是海鮮燉飯或是燴飯這類，用平底鍋或鍋子和配料或高湯一起蒸煮的東西。日常生活中是否需要專門煮飯的道具……這還是個未知數耶。」

「唔，這麼說也是，這邊沒有在日常生活中吃白飯的文化啊……」

尼洛正確不過的意見，再度讓我退縮。

和每天吃白飯的日本人，以及這世界東邊國家的人不同，在路斯奇亞王國的使用率應該不高吧。就算有炊飯鍋，大概也會淪落為待在櫃子裡堆灰塵沉睡的下場。

感覺最後會做出「要做米飯料理，用鍋子或平底鍋不就得了」的結論。

「那麼，就駁回啦～」

「嗚嗚嗚～」

於是乎，我的熱烈發表就這樣低空飛行後降落失敗。

我原本自信滿滿的耶，太沮喪了。

「別灰心吱～」

「別放棄夢想啵～」

我的精靈咚助和波波太郎，兩隻小倉鼠邊把葵花籽塞進嘴巴裡邊安慰我，你們至少也塞已經剝殼的吧。

「那下一個換我，我支持『衣』，我想要瞬間洗好衣服的魔法洗衣機。還能烘乾、疊好的那種。」

喔喔，弗雷難得乖乖準備點子來耶。

但尼洛認真表示：

「那已經有了，只不過價格高昂沒有在一般民眾間普及，王宮之類的應該有在使用吧？」

「咦，真的假的！」

「而且話說回來，你不會自己洗衣服吧。」

「我只要拜託漂亮的大姊姊，就全部替我做好了～」

結果根本不需要嘛。

你需要的不是全自動洗衣機，而是願意幫你做所有大小事的漂亮大姊姊嘛。

於是乎，弗雷的意見也被駁回。

「那麼，下一個換我。我覺得『住』比較好，根據思考方向種類也多，感覺更容易想出能派上用場的點子。舉例來說，暖氣機。」

勒碧絲走到工房裡的魔法暖爐前。

「路斯奇亞王國的一般家庭都有這類魔法暖爐，但不只要花功夫清煤渣，也沒有暖爐以外不需要用火的暖氣機。雖然說這邊本來就是溫暖的國家，沒有也沒問題，但我認為這會阻礙暖氣機的發展。所以說，思考更好用的暖氣機或許可行？」

「喔喔，勒碧絲發表的內容超認真耶……」

確實，路斯奇亞王國即使冬天也不會太冷，只要不住山上，幾乎不會因為寒冷面臨生命危機。

因此幾乎沒有暖爐以外的暖氣機，稍微有點冷也不會開暖氣。就算開暖爐，也要花點時間才能讓整個房間溫暖起來。

只不過，早上起床時常會覺得「有點冷耶」，如果有個不需要開暖爐，只在想要的地方迅速加溫這種好用的暖氣機，應該可以讓生活更加舒適。

尼洛也對這個意見不停點頭，相當佩服。

「確實，魔法暖氣機這個想法或許不錯，就算使用範圍比暖爐狹窄，只要速度夠快，感覺就有一定需求。」

「不錯啊～確實如此，這個工作室也是，暖爐讓整個房間暖起來之前都有點冷。」

弗雷如此表示。雖然他的附和很隨便，看來似乎也贊成這個企劃。

「欸，做成小型機器應該更好吧。可以隨身攜帶的那種，暖爐沒有辦法隨身攜帶啊。」

「瑪琪雅也會覺得冷嗎？」

「這是當然啊，勒碧絲，雖然我是發熱體質，但不用力也不會產熱，只是比較耐寒一點，早上離開被窩時還是有點痛苦。」

於是乎，我們石榴石第九小組的企劃終於決定了。

「那就這樣決定了，我們要做魔法暖氣機。」

尼洛宣布後，我們向企劃提案者的勒碧絲獻上熱烈掌聲。

雖然已經決定好點子，但能不能做出來又是另一回事。

有技術面上的問題，也有材料上的問題。除了學校配發的道具與材料之外，也可以在規定的金額內購買，但要是失敗太多次，錢馬上就會花光。

所以尼洛如此提議：

「要不要去魔法垃圾棄置場看看？那邊丟棄了許多用舊的魔法道具，以及隨海流漂來的外國魔法道具。或許能找到可以利用的廢物。」

「什麼……」

每個人都被這個提議嚇到，這該不會表示……

「喂喂，你該不會要本少爺去翻垃圾吧。」

「就是要你去翻垃圾。」

尼洛毫不客氣地直言。

弗雷沉默之後迅速起身想逃，勒碧絲說著「弗雷同學你想要去哪裡啊？」抓住他的長袍，不由分說逼他坐下。

「我記得……在王都近郊有個規模很大的魔法垃圾棄置場吧。」

我把話題拉回來。

魔法垃圾，也就是魔法加工產品的垃圾。

這需要經過特別處理，不能和一般垃圾一起丟棄，米拉德利多近郊設有一個垃圾場。但處理速度追不上丟棄速度，垃圾堆積如山。

我邊點頭邊說：

「一開始還有點緊張，但再利用魔法垃圾或許不賴。之前曾聽我父親說，米拉德利多的大量魔法垃圾已經成為社會問題了。而且如果可以再利用魔法垃圾，感覺也可以成為競賽中的宣傳要點……」

「那我們馬上走吧，去魔法垃圾棄置場！」

「……」

尼洛感覺似乎很興奮。

既然如此就只有去一趟了，去魔法垃圾棄置場。

出生為男爵千金至今十六年。

從來沒想到，我竟然有天得淪落到去垃圾場翻垃圾的地步。

王都米拉德利多街頭，正在替行道樹裝設魔法燈飾的人相當醒目。

有種讓人想起那個世界的聖誕節氣氛的感覺。而一到這個時期，不知為何街上的情侶會變得特別醒目。為什麼呢……

走在氣氛如此浮躁的街上，我們朝魔法垃圾棄置場前進。

搭小船走水路到米拉德利多的近郊，就可以抵達和剛剛色彩鮮豔、熱鬧的氣氛完全不同，昏暗、氣氛沉重，只是很寬敞的魔法垃圾棄置場。

「嗚哇啊……」

方便的魔法道具被用舊後，最後抵達的，墳墓般的地方。

略高的鐵絲網裡面有個很深的大洞，裡面被丟入數量驚人的魔法垃圾，魔法機器及魔法家具等東西堆積如山。

我們對此感到傻眼，也攀著梯子下到這堆垃圾山上。

「啊，你們看，第三小組的人也在耶。」

寬敞的垃圾場另一側，有幾個身穿魔法學校制服的學生四處亂晃。

是石榴石第三小組。

我記得那是王都孤兒院少年、少女組成的小組。第三小組的人一發現我們，聚集到高處對我們嗆聲。

「是石榴石第九小組耶。」

「怎麼辦？弄哭他們嗎？」

「邪惡魔女、無能王子、鐵面女還有無語男來了耶。」

喔，好厲害，壞話聽得超清楚耶。

而且馬上就知道他們在說誰呢。

「喂，你們來這裡幹嘛？這可不是溫室長大的少爺、小姐來的地方啊，這裡可是我們的地盤！」

雙腿岔開站在垃圾山上俯視我們的就是第三組小組長丹・賀蘭多，淺黑色肌膚，一雙兇惡眼睛，亮色頭髮用髮帶整理好。

該怎麼說呢，他算是魔法學校裡少見的街頭少年。

「你們的地盤？這裡是公共的魔法垃圾棄置場吧。」

我不悅地反駁。

「妳是笨蛋嗎？正因為如此，在米拉德利多出生長大的我們才擁有所有權啦。」

「沒錯沒錯，這裡的垃圾都是米拉德利多市民丟掉的垃圾。我們幾乎可說從出生起就在這裡玩耍呢～」

接著如此回答的是雙胞胎姊弟，卡羅琳・馬爾斯和其塔爾・馬爾斯。

他們戴著同款貝雷帽，紅蘿蔔色的頭髮和雀斑是他們的可愛之處。

他們一臉找碴樣且說出口的話毫無條理，但有讓人無法回嘴的氣勢。

「欸，別吵架啦。他們那邊有『紅之魔女』的後裔和王子大人耶。我們可是聽『要是做壞事就會被紅之魔女燒死』長大的耶。」

接著，第三小組中看起來最和善的微胖男生法蘭西斯・當尼，小聲地試圖阻止他們挑釁。

丹、卡羅琳、其塔爾、法蘭西斯這四人小組，他們既不和貴族成群結隊，也不討好貴族，更不服從。反而可說是超級討厭貴族的態度。

但第三小組整體來說成績很好，我知道他們不管哪個課題總是拿到很棒的成績。和溫室長大的貴族學生不同，他們有著不屈服的雜草個性，是絕對不能小看的存在。

我把正好拿在手上的筆記本捲成圓筒，當大聲公來用：

「那個，敬告石榴石第三小組，雖然聽不太懂你們想說什麼，但我明白了。但這個地方也有我們想找的東西，就讓我們息事寧人，你們有什麼要求就說吧。」

「喂，等等啊組長！」

弗雷被我說出口的話嚇一跳，但我直直凝視著第三小組的組長丹・賀蘭多，丹瞇起眼睛，雙手環胸咧嘴一笑。

「妳出乎意料地聽得懂人話呢，歐蒂利爾。那麼你們就在這邊，一天找出十個軟膠球上貢給我們吧。只要好好做到這點，我們就賜予你們可以在這裡任意翻找垃圾的權利。」

「……軟膠球？」

我則是不解地歪頭看著第九小組的成員，特別是尼洛。

「欸，軟膠球是什麼？軟糖之類的點心嗎？」

「不是，是儲有魔力的魔法物質。全能類型的魔法燃料，舊式生活魔法道具的必需品，但因為現在採掘量減少，幾乎沒人在用了……而且說起來，你們蒐集用完的軟膠球要幹嘛？」

就連尼洛單純的疑問，卡羅琳都口吐惡言回：

「要你多話，你們只要乖乖地向我們繳稅就好了啦。」

「……繳稅。」

看來，第三小組似乎想要非常大量的軟膠球。

因為和我們想找的東西不同，似乎不會引發一場爭奪軟膠球的戰爭，但有點在意他們想要做什麼。

「哈哈，你們就是我們的奴隸！」

「就快點替我們工作吧～貴族們啊。」

第三小組的人挖苦我們之後，又各自在垃圾山上散開。

無法回嘴的我們呆站原地一段時間。

「嘖，不和他們計較就開心說什麼就說什麼。組長，根本沒必要聽那些傢伙說的話。而且說起來我不是貴族，是王族！」

「我連貴族也不是……瑪琪雅，要怎麼辦，滅了他們嗎？」

弗雷和勒碧絲完全無法掩飾對第三小組的不爽。

我很了解他們的心情，但我「嗯～」地仰頭望天，思考了有點不同的事。

「這邊就先吞下他們提出的條件吧。」

「什麼！我們也需要從這堆垃圾山中找到想要的廢物耶！哪有閒工夫去幫他們啊。」

「這種事情不用你說我也知道，所以要繳給他們的軟膠球我一個人找就好，廢物就交給你們去找。而且……我覺得我們和他們攜手合作比較好。」

我轉過頭面對組員們，露出邪惡的微笑。

第三小組是強大的對手。就讓我們擺出卑躬屈膝的態度，虎視眈眈蒐集他們課題打算做什麼的情報吧。

只要最後超越他們，贏得競賽就好。

沒錯，因為我是這世上最邪惡魔女的後裔呀……

魔法垃圾棄置場中，確實被丟棄了非常多魔法道具的廢物。

魔導式冰箱、魔導式洗衣機、魔導式自行車、魔導式烤箱……

其中還有大型魔導式巴士被丟在這，這裡對孩子們來說，確實是個很棒的祕密基地或是遊戲場所呢。

「瑪琪雅，妳看這個。」

尼洛拿來一個掌心大小，已經壞掉的魔法相機。

接著手腳俐落地在我面前拆解，從裡面拿出一個圓滾滾，像黑色石頭一樣的東西。

「妳看，這個就是軟膠球。」

尼洛把那個放在我手上。

「喔，意外的輕耶。好像玩具寶石喔……但是一點也不軟Q啊。」

明明叫軟膠球。

但那是很漂亮的半透明，彷彿把宇宙關在球裡一樣，可以看見閃閃發亮的魔力流動。

我至今使用過的魔法道具，全部都是用自己的魔力充電的類型，所以從未接觸過一次性的魔力燃料「軟膠球」。

「嗯，欸，這個有聲音耶。」

把軟膠球湊近耳邊聆聽，可以聽見「噗哧噗哧、唏唏囌囌」好像在輕聲細語的聲音。有點詭異且不可思議。

「軟膠球是吸收大地魔力的魔法物質。據說大多都是從內陸的地底深處採集，而魔力的儲存也代表著記憶的儲存。」

「……記憶？」

越來越聽不懂，但尼洛繼續說：

「這個世界幾乎沒有留下千年以前的魔法紀錄。但據說，在軟膠球採集點那邊，發生過古代戰爭或類似我們不知情的魔法衝突的可能性極高。而有人認為，軟膠球就握有讓我們知道梅蒂亞古代歷史的關鍵。」

原來如此，這確實是種一直盯著看會令人產生奇妙感受的物質。

「這麼重要的物質，這樣用完就丟好嗎？」

「嗯，聽說最近有業者在收購已經用完的軟膠球，也有很多收藏家，雖然說用完就丟，但還是有其他用途。」

「……這樣啊～」

隨著魔法道具發展，許多軟膠球被從地底挖出來，被用完就丟，但以垃圾來說，它們確實太美了。

我使用飄浮魔法把魔法垃圾翻出來，辛勤地找軟膠球。

「欸、欸，瑪琪雅小姐。」

第三小組的微胖男生法蘭西斯跑過來向我搭話。

「法蘭西斯・當尼，幹嘛啊，我現在正忙著找要上繳給你們的軟膠球耶。」

「對、對不起。那個、就是……妳今天有帶精靈出來嗎？」

「精靈？」

意外的提問讓我不禁停下手。

「只要召喚立刻就會出現啊，梅爾・比斯・瑪琪雅——咚塔那提斯、波波羅亞庫塔司，出來吧。」

我在這個垃圾山中展開召喚魔法陣，把自己的精靈叫出來。

小倉鼠們從魔法陣中跳出來，一咕溜地爬上我的身體，接著在我攤開的掌心上坐好，熱情地朝我咧嘴笑著。

法蘭西斯綻放笑容，彎下身看著我的倉鼠。

「啊～～果然好可愛喔。我很喜歡老鼠，小小隻毛茸茸圓滾滾的，總之就是超可愛。」

喔喔，我超級懂這種心情，沒想到竟然有同志。

「雖然大家在精靈召喚儀式中都在笑，但我有點羨慕呢。如果是溝鼠，米拉德利多四處可見，但侏儒倉鼠很罕見，因為他們只棲息在內陸森林深處。」

「是喔，你對動物很了解呢。」

法蘭西斯從口袋中拿出餅乾，捏碎遞給咚波波。

咚波波急急忙忙跑到法蘭西斯手上，拿起餅乾碎片往嘴裡塞，我的倉鼠們就算貪心還是好可愛。

看見這一幕，法蘭西斯的眼睛笑得更彎了。

用指尖撫摸倉鼠，法蘭西斯慢慢開口問：

「瑪琪雅小姐，妳找到軟膠球了嗎？」

「嗯～目前只找到三個。」

我從口袋中拿出三個軟膠球給他看。

「因為軟膠球只裝在有點年紀的魔法道具裡啊，垃圾這麼多，要找也很辛苦。對不起喔，妳是貴族千金耶，還讓妳弄髒手和衣服……」

法蘭西斯看著我髒掉的制服長袍，很客氣地道歉。

「我是鄉下貴族，在鹽之森裡老是玩得滿身土，一點也不抗拒弄髒……比起這個，欸，法蘭西斯啊，你們為什麼要找已經用完的軟膠球啊？」

尼洛說，有業者在收購這個軟膠球。

我心想該不會如此吧，第三小組的人該不會是為了賺錢才在收集軟膠球吧……？

但法蘭西斯的表情突然亮了起來，雙手合十。

「啊啊，這個啊，為了要做玩具啦！魔法玩具。」

「喔？魔法玩具？」

這個回答太令我意外，總之嚇到我了。

法蘭西斯歪頭說：「這不知道可不可以說出來？」但還是從口袋中拿出什麼東西。

那是裝上用完的軟膠球，掌心大小的圓錐狀物品。

正中央插著一根鐵芯，是個似曾相似的形狀。

「妳看著。」

法蘭西斯用拇指和食指捏住那東西，往空中拋。

那東西飄浮在半空中，劃出光圈快速旋轉。

我終於想起這是什麼東西了。

「啊啊，是陀螺！魔法陀螺！」

是在那邊的世界中，新年時會纏上繩子來玩的那個東西。

這玩具和那個非常相似，但不需要繩子，而且也不是在地上轉，而是飄浮在空中旋轉。

「把這個互相碰撞來玩。就算是用完的軟膠球，也可以藉由旋轉使其與空氣摩擦，這樣就能產生魔力。然後就可以讓陀螺持續飄浮在空中。」

「嘿欸欸欸欸欸，好厲害喔！真虧你們想得出來耶。」

我忍不住拍手鼓掌。

法蘭西斯一吹口哨，魔法陀螺就回到他手上。

據法蘭西斯所說，魔法陀螺在自己的調整之下，會越用越順手。

法蘭西斯彷彿對待心愛寵物般把陀螺放在手上撫摸，有點憂鬱地環視這廣大的魔法垃圾棄置場。

看著這片金屬塊閃動漣漪的垃圾海。

「我們啊，丹、卡羅琳還有其塔爾都是……我們都是被遺棄在這個魔法垃圾棄置場裡的棄嬰。」

「什麼……？」

然後他一句一句接著說。

第三小組的成員都是在這裡被撿到，在米拉德利多的王都孤兒院裡，如兄弟般被養大。

沒有可以玩的玩具，他們會來這個魔法垃圾棄置場，同伴們一起出主意，開發他們自己的遊戲。

聽說這個魔法陀螺，是丹小時候想出來的玩具。

「以前的成品很粗糙，現在能用盧內・路斯奇亞的魔法工作室，可以做出性能更好的魔法陀螺。所以我們想要盡可能蒐集多一點軟膠球，做很多陀螺捐給孤兒院。希望孤兒院的小孩們都有玩具能玩，就像以前很照顧我們的……巴契斯特老師為我們所做的一樣。」

「咦？巴契斯特……老師？」

我嚇了一跳。那是與不久前的騷動有關的，重要人物的名字。

「尤金・巴契斯特老師。最近過世了對吧？那個人似乎也有一段時間住在孤兒院，所以捐了很多東西給孤兒院。像是食物、衣服之類的，還有玩具。」

據法蘭西斯所說，他們想要進入盧內・路斯奇亞魔法學校念書的契機，也是巴契斯特老師給他們的。

巴契斯特老師會到孤兒院教孩子們魔法。

第三小組的他們特別有才華，老師建議他們進盧內・路斯奇亞念書，也幫他們準備入學考試。

「原來是這樣啊……所以你們現在才會在盧內・路斯奇亞念書啊。」

不知不覺中，我專心聽他說話，還紅了眼眶。

我什麼也不知道，不知道第三小組大家的事情，也不知道那位巴契斯特老師的事情。

而且我對他們有很深的誤解，他們肯定在我看不見的地方，承受了很多辛苦以及做了許多努力吧。

在貴族人數眾多的盧內・路斯奇亞裡，他們肯定承受了許多挖苦話。就像我常被說是「邪惡魔女的後裔」一樣……

即使如此，在這個課題中，他們繼承了巴契斯特老師的意志，想要製作要捐給孤兒院的玩具。他們是很認真，非常棒的孩子們啊！

「丹比誰都還要尊敬巴契斯特老師。所以接下來要換我們像巴契斯特老師一樣，為孤兒院的大家盡一份心力……丹這樣說了。我會一直追隨這樣的丹。」

法蘭西斯用強烈崇拜的眼神，凝視著站在另一頭高聳垃圾山頂點的丹。

我也追著法蘭西斯的視線看過去。

還以為他是那種城市裡暴躁的不良少年，但我隱約可以理解石榴石第三小組這份雜草性情的理由了。

他們之間，有著起始於這個魔法垃圾棄置場的，難以計量的羈絆，而把大家凝聚起來的就是那個組長丹．賀蘭多。以及現在已經離世的，巴契斯特老師的溫柔。

尤金．巴契斯特老師。

最後被「青之丑角」竊取身體，迎接悲劇性死亡，但原本的他，果然是一位偉大值得尊敬的魔法師。

在他離世之後，還有人繼承他的遺志，這讓我深深感到非常了不起。

「喂，法蘭！你別和敵人那麼親近啦！」

此時，丹不悅地癟嘴，往這邊跳下來。

接著一把搶過我手心的軟膠球。

「啊啊，你幹什麼啦！」

「哈，反正都會變成我們的東西，我什麼時候想收走都無所謂吧。」

丹把軟膠球對著天空確認什麼，之後放進自己口袋。我很不高興，丹把臉湊到我面前，很挖苦地嗤鼻一笑。

「妳瞪什麼瞪，被孤兒的我們指使很不甘心嗎？千金大小姐。」

「沒有啊，我剛剛還很佩服你們耶。」

我也回以嗤鼻一笑，撩開垂在肩膀上的頭髮。

「因為你們石榴石第三小組一直維持著很棒的成績，我一直很戒備你們。但我看見那個魔法陀螺之後確定了，第三小組很強。」

「……啥？」

丹的表情意外地放鬆，似乎有點驚訝。

但立刻又在臉上用力，轉過去瞪法蘭西斯。

「法蘭，你……讓這傢伙看了魔法陀螺了嗎？」

「呀～對不起啦丹～」

乍看之下會以為他們是霸凌者和被霸凌者的關係，但丹無奈地小聲嘆了一口氣，砰的把手放在法蘭西斯肩膀上。

「……唉，算了，老實是你最大的優點啊。」

接著轉過來朝我宣示。

「喂，歐蒂利爾。我們每次都輸給你們第九小組和第一小組那些傢伙，但只有這個課題我們不會讓。快點把剩下的軟膠球找來啊！」

丹帶著法蘭西斯離開。

我聽完法蘭西斯說的話還很感動耶，他果然就是個暴躁的不良少年啊……

那麼……

重新開始尋找軟膠球時，我發現腳邊有個閃閃一亮的東西。

那東西在重重交疊的廢物中閃亮，我從剛剛就一直在這附近找東西，但完全沒有發現。

我利用飄浮魔法把重重交疊的廢物移開，拿起那個閃閃發亮的東西。

「這是……」

那是個銀製，雕刻裝飾細緻漂亮，有手把的手拿鏡。

以被掩沒在這堆廢物中的東西來說，這東西看起來很昂貴，而且無傷也沒破。

既然被當成魔法道具丟掉，這應該是魔法的手拿鏡吧。

「喂～這應該可以用吧？」

此時，弗雷抱著一個很舊的魔法熱水瓶跑過來找我。

「啊……」

他很明顯變了臉色。

弗雷的視線，看著我手上的手拿鏡。

這是女用物品，感覺是和弗雷無關的東西，但他可能有看過吧。該不會這是弗雷認識的大姊姊的私人物品？

「怎、怎麼了嗎？弗雷。」

「……沒事。」

弗雷撇過頭去，行為明顯怪異。

他逃難般往遠處跑去，我連問的機會也沒有。

迪莫大教堂通知傍晚時刻的鐘聲在遠方響起……

「到底是怎樣啦。」

雖然很在意，我還是把手拿鏡放回原處。

那天，在最後一刻找全十顆軟膠球的我，成功繳稅給第三小組了。

其他小組成員也找到了幾個看起來能用的老舊魔法道具，帶回工作室去。

隔天，弗雷沒來上學。

我想著反正他肯定是翹課，但隔一天他還是沒來學校。

問了同寢的尼洛，他說弗雷也不在房裡。

我很擔心地跑去問尤利西斯老師，老師苦笑著說：

「不好意思，弗雷被找到王宮去了，然後……和吉爾伯特大打了一架。」

「什麼！」

「弗雷因此受傷了。」

「什麼喔喔喔！」

出乎意料外的事態讓我整個身體往後仰。

到底是打得多激烈啊。

大概是我的反應太有趣，尤利西斯老師格格發笑，不對，這可不是說笑的耶。

「那、那麼，弗雷還好嗎？」

「是的，他的傷馬上用治癒魔法治好了。弗雷在那之後就把自己關在王宮的一個房間裡不肯出來，彷彿想讓沸騰的感情冷靜下來一樣。」

「弗雷那麼生氣啊？」

那個弗雷耶？

隨便又不負責任的弗雷耶？

「唉，他們對彼此確實有無可原諒的事情，但是現在不是吵架的時候。」

「……尤利西斯老師？」

「王子之間不和睦，會讓希望派系鬥爭的人有機可趁，讓國家政局不安定。現在……是五位王子得要協力合作的時候。」

尤利西斯老師眼神有點嚴厲地如此說道，發現我緊緊凝視著他，便立刻露出柔軟的笑容。

「不好意思，瑪琪雅小姐，讓妳為了我們家的事情擔心了。」

「沒、沒有。」

「瑪琪雅小姐，今天的課程在上午就會結束，放學後，可以請妳到王宮接弗雷嗎？妳說的話，那孩子或許能乖乖聽進去。」

是這樣嗎？我露出尷尬的表情歪頭。

尤利西斯老師格格發笑。

「不管再怎麼說，弗雷都很信賴第九小組的同伴們。我能理解，我也很高興那孩子可以找到這樣的同伴。」

「……」

先把弗雷會不會聽我的話這件事擺一邊去，尤利西斯老師的話讓我真心感動。

只不過，很在意弗雷的狀況。

那傢伙再怎麼說也是石榴石第九小組的組員啊。

而且說起來，到底是為了什麼，會和吉爾伯特殿下吵到打起來啊。

那兩人之前關係就很差，我已經看過他們爭執的場面好幾次，但都不曾打起來啊。

對彼此，無可原諒的事？

而且話說回來，那兩個人的關係，為什麼會變得如此糟糕呢？

第六話　兩位王子敲響鐘聲（上）

睽違一個月進入王宮。

友盟國高峰會之後，我沒有必要，也沒有要事得來王宮，而且現在依舊禁止守護者們與愛理接觸。

進入城內，我打開據說弗雷關進去後就不肯出來的房間門。

而弗雷呢，則是躺在王室規格的超大床上，咧嘴笑著看刊載許多街頭巷尾談論的美女演員的雜誌。為什麼王宮裡會有這種雜誌？

「什麼啊，擔心你來看你，結果你過得還真是奢侈耶。」

「喔，這不是小組長嗎？唷～」

即使發現我來了，他還是躺在床上隨便回應。

「我聽說你和吉爾伯特王子打了一架，但看你的樣子很有精神嘛。」

「喂喂，妳說什麼啊。我可是被那傢伙打臉耶，要是臉上留傷該怎麼辦啊。那個笨蛋哥哥，我絕對不原諒他。」

剛剛明明還看著雜誌竊笑，弗雷現在像是回想起怒意，丟開雜誌轉過去背對我。是小孩子嗎？

我邊嘆氣，撿起雜誌在床邊坐下。

「話說回來，為什麼會吵到打起來啊？」

我試著裝若無其事隨口一問，弗雷依然背對著我。

「沒辦法啊，是他先動手的啊。」

「反正你肯定又說了什麼挑釁吉爾伯特殿下的話了吧。」

「啥！他事到如今才要我專心做好王子的工作，去和鄰國的公主訂婚之類的，高高在上地命令我，所以我只是拒絕了他而已啊。」

「咦……？」

我有點驚訝。但仔細想想，最近我路斯奇亞王國的王子們的確接連訂下政策聯姻的婚約。弗雷是這國家的五王子，在這種時候出現政策聯姻的話題也不奇怪。

「這麼說來，你曾說過你沒有什麼身為王子的權限。是被設下什麼特別的限制嗎？」

「嗯～就是那樣。七年前，我被剝奪所有身為王子的權利，被趕出這個王宮。因為現在已逝的，王后艾莉西亞大人的命令。」

「王后大人的……？」

王后艾莉西亞大人。現任國王有四位妻子，她是其中最為尊貴的王后。

同時，她也是吉爾伯特王子的母親。

我聽說她是位深受國民喜愛，充滿慈愛的人物，但很早以前因病去世。這樣的她為什麼要對弗雷……

「然後呢，弗雷，你要回到王宮接受政策聯姻嗎？」

「什麼？」

弗雷慢吞吞地坐起身，盤坐撐下巴。

「我剛不是說我拒絕了嗎？但笨蛋哥哥又說了『再來就只剩下你』之類的話，所以我就回了『不是還有吉爾伯特兄長大人在嗎？』」

我驚訝地眼睛不停眨呀眨，靜靜聽弗雷說話。

「聽說兄長大人喜歡上那個救世主小妹妹，最近不停閃避政策聯姻的事情。那傢伙都被救世主小妹妹大大方方甩了耶。」

「什麼？被甩了？」

等等，這我還是第一次聽到耶。

「很好笑對吧。那傢伙，對救世主小妹妹說希望她成為自己的妃子，然後失敗了。那傢伙真的是笨蛋，有誰會隔著一扇門追女生啊，根本不懂女人心。」

「……」

「然後我笑著指正他之後，他就扁我了。」

「哎呀……那當然會被扁啊。」

吉爾伯特殿下喜歡愛理是眾所皆知的事實，但向愛理求婚這件事真的讓我嚇一大跳。這一幕被人看見，還被弗雷挖苦糾正，嗯，我也能理解他想扁人的心情。

而且說起來，和弗雷同父異母的哥哥吉爾伯特王子，因為以守護者身分向救世主宣誓忠誠，才剛和貴族千金的貝亞特麗切・阿斯塔解除婚約而已。

但是，如果愛理不願意繼續當救世主，吉爾伯特王子也不需要以守護者身分向她宣誓忠誠，也可以再度與其他女性訂婚。吉爾伯特王子肯定是因為這樣而焦急，才會向愛理求婚，然後很可惜地玉石俱焚了。

總覺得有點複雜，但就是這樣。

但吉爾伯特王子被愛理甩了之後仍然愛著她，所以想把找上自己的政策聯姻推到五王子的弗雷身上。

「啊啊真是的，那個混帳！明明一直讓我遠離王宮，事到如今才囉嗦要我有身為王子的自覺！真是的，他以為全世界都繞著他旋轉嗎？那個蠢蛋！」

弗雷大概又感到很煩躁，氣憤地搔亂頭髮。

我手指抵在太陽穴上，「嗯～～」了一聲：

「我很清楚你的主張了，這樣聽起來你確實沒有錯。」

「……組長，妳能懂我啊。」

弗雷用著難以言喻帶有敵意的眼神側眼看我。

弗雷在王宮裡沒有同伴也沒有後盾，他應該有著很害怕、很悲慘的感受吧。

「哎呀，我跟你認識的時間比較長，也有偏袒自己人的傾向啦。是尤利西斯老師要我來接你。」

「那什麼啊，組長是我媽嗎？我還真丟臉耶。」

弗雷邊搔搔頸後，這句軟弱的台詞，總覺得很不像弗雷會說的話。

雖然是個不到沒用男人的沒用王子，但他這一面會誘發女性的母性本能，或許就是他受到大姊姊們喜愛的理由吧。

嗯，我比這個男人小一歲就是了。

「欸，弗雷，你說你小時候被趕出王宮，原因是什麼呢？」

和吉爾伯特王子感情會那麼不好，肯定也有什麼理由。

「我之前也說過吧，我的母親在王宮裡闖了不少禍。」

「那我知道啦……但是，我不懂你和吉爾伯特王子關係會變得那麼糟糕的理由。因為同為哥哥的尤利西斯老師就不會對你態度那麼糟啊。」

「不對不對，尤利西斯兄長大人超恐怖的耶。我和吉爾伯特大打一架之後，可是被那個人狠狠教訓了一頓，他真的弄出真實的『天打雷劈』耶。」

「什麼！」

那個溫厚的尤利西斯老師會生氣，真是難以想像，真的天打雷劈……

弗雷露出費解的表情，沉默了一段時間。

「唉，該從哪裡說起才好呢……」

接著撩起瀏海，重重嘆了一口氣。

「我的母親，是在孤兒院長大的。」

「那該不會是第三小組的同學曾經待過的王都孤兒院？」

「啊啊，我想應該是。」

弗雷開始一句一句說起自己母親的過往。

那位女性名叫拉拉。

拉拉是無依無靠的女孩，她在孤兒院長大，在孤兒院工作。不僅如此還是深受大地與植物喜愛的【地】之寵兒，而且非常美麗。

恰巧到王都來視察的路斯奇亞國王，被她站在牆壁上行走嚇到，喜歡上她的美貌以及活潑的個性，決定迎娶拉拉為第四位王妃。

也有人相當反對這位從孤兒爬上王妃位置的女性，但米拉德利多的市民歡欣鼓舞。

因為她原本就是心靈善良、美麗，深受市民好評的女孩。

但是受到國王寵愛，過起奢侈生活的拉拉，逐漸、慢慢地走樣了。

自己是特別的。從底端爬上頂端。

是最深受國王喜愛的人——她如此以為。

原本就是個渴愛的人。

或許是這個願望，以扭曲的型態脫殼而出了吧。

拉拉滿心只想著受國王喜愛，早早放棄照顧自己的孩子，只是全心全意琢磨她的美貌。

但國王有四位王妃，並非只有拉拉特別受到寵愛。

拉拉對其他出身自貴族的王妃們抱有扭曲的自卑感，開始覺得她們很礙事。

弗雷當時被丟著不管，代替拉拉照顧年幼弗雷的，就是王后艾莉西亞大人。沒錯，就是吉爾伯特殿下的母親大人。

艾莉西亞大人，聽說是一位充滿自信、高雅，深受國民喜愛的王后。

在生下吉爾伯特殿下之前，遲遲沒有懷孕，因此吃了不少苦。

她並沒有以公爵家出身的高貴身分，以及王后的地位為傲，只為了國王、為了國民著想，統帥妃子們，關心所有王子，確實做好身為王后的工作。

所以，總是站在國王身邊的，是擁有王后地位的艾莉西亞大人。

拉拉慢慢地，開始想要那個「王后」的位置。

開始忌妒起受到所有人景仰，也讓國王另眼相待的艾莉西亞大人。

自己才是最受國王喜愛的人。

所以，最適合站在國王身邊的人是自己才對——

拉拉開始騷擾艾莉西亞大人。

而且並非直接採取行動，而是對國王傾訴艾莉西亞大人欺負身分地位低的自己，引起騷動，想藉此降低艾莉西亞大人的好評。

對此，高雅的艾莉西亞大人只是冷靜地反駁。但國王認為出身孤兒院的拉拉沒什麼支持者，常常站在她那邊。

因此讓艾莉西亞大人不停累積精神疲憊，最後臥病在床因而過世。

雖然並非拉拉直接下手，但可說拉拉的惡意是將她逼上死路的兇手。

國王悲傷地哀嘆艾莉西亞大人之死，之後拉拉的騷擾行為與做的壞事也被攤在陽光下，就這樣被趕出王宮。

惡妃拉拉。被大家如此稱呼的她，現在在路斯奇亞王國北方森林的深處，過著受人監視的生活。

「我也懂吉爾伯特討厭我，和惡妃拉拉一個模子印出來的我。」

弗雷沙啞著聲音繼續說。

「但是，我也是沒得到拉拉任何愛情長大的，她只是把我生下來的母親。我……我也想過好幾次，艾莉西亞大人是我真正的母親那該有多好。她過世我也好難過。」

弗雷眼神空虛，只是呆呆地看著不知名的方向。

看著過去的某處，讓他產生扭曲的那一點。

「沒錯……那正好是，艾莉西亞大人因病過世的前一天。」

「弗雷？」

「艾莉西亞大人清楚地對我說了，『滾出王宮。這裡沒有你的容身之處，我不想再看到你的臉。』這樣。」

「……」

弗雷放在腿上的手緊握成拳。

「在那之前，就算我是討厭的女人的兒子，艾莉西亞大人都和對吉爾伯特一樣疼我。但是……大概是終於忍不住了吧。」

接著弗雷露出乾澀笑容，手往後撐抬起頭來。

「我知道她討厭我時，真的大受打擊。再怎麼說，才十歲就失戀了耶。艾莉西亞大人，是我的初戀啊～」

他這樣說著想模糊焦點，看見我表情僵硬還說「喂，這個是笑點耶。」哪笑得出來啊。

因為我知道弗雷喜歡大姊姊的原因了啊。

與其說他喜歡大姊姊，倒不如說是他現在仍在追尋，孩提時期代替母親照顧他，他的初戀艾莉西亞大人的身影。

「但是，我是拉拉兒子的事實不會改變。國王應允了艾莉西亞大人的遺言，剝奪我所有權利，把我趕出王宮。而我呢，被四處的寄宿學校丟過來丟過去，最後讓我進盧內・路斯奇亞念書。因為很諷刺的，我遺傳了母親的【地】之寵兒體質，稍微有點魔法才華。但我啊，會不會魔法根本無所謂。」

「所以……去年才會留級嗎？」

他對魔法沒有憧憬、沒有熱情也沒有執著。

感覺盧內・路斯奇亞是關住他的牢籠。

和弗雷相處後我知道，他只要認真，什麼事都能做出超凡的結果，他不是會留級的劣等生。就跟先前梅迪特老師曾說過的一樣。

但他在重要時刻不認真，或是撒手不管，這肯定是因為幼時遭最喜歡的人否定、孤立的經驗，現在也帶給他很大的陰影。

他心中有處已經放棄了，放棄自己的人生。

「哎呀，反正我從一開始就沒幹勁。也覺得只要一直留級，就可以在盧內・路斯奇亞隨隨便便活下去。」

「……現在呢？」

我專注看著弗雷，再一次問他。

「現在，討厭學校嗎？」

「……」

弗雷也偷偷看了我。

「還好，現在覺得還挺開心的。第九小組的人，我也不討厭啦。」

我覺得他像要遮掩害臊，故意很冷淡地說話。聽到這句話後，我超乎自己想像地鬆了一口氣。

雖然他有很不認真的時候，但這一年，弗雷確實為小組做出不少努力。

雖然需要我囉嗦地拖他去上課，替他看報告，幫忙他準備考試就是了啦……

此時，當我低下頭時，原本綁成公主頭的頭髮突然散開跑到我眼前。

「？」

弗雷不知為何，從旁邊把我綁住頭髮的緞帶拉開，鬆開我的頭髮。

「你你、你在幹嘛啦！」

真的嚇我一跳。

我壓住頭髮抬起頭，被弗雷費解的行為嚇一大跳。

「哎呀～因為啊，緞帶在我旁邊飄啊飄的，就讓我想要拉開啊……」

「什麼啊？」

弗雷露出惡作劇的笑容，搞不懂他想幹嘛。

不知為何把人家的緞帶拿在手中把玩，到底是哪裡有趣啊？

「真是的。反而是我想得太嚴重了嘛，如果你還有餘力捉弄別人，根本不需要擔心啊。好啦，回去了啦，回盧內・路斯奇亞。」

「喔喔。」

弗雷比平常還老實回應，走下床。

但是，感覺看起來有點消沉，是因為原本的駝背彎得更圓嗎？

我用力拍他的背要他抬頭挺胸。

「嘖，很痛耶。」

他還出現這種不良兒子一般的反應，我只好罵他不要咋舌。

我們家這孩子，雖然是個沒用的男人，但本性不壞。

「小姐……？」

「啊，托爾！」

走出房間，在外面的走廊上正好碰見托爾。

可以在王宮遇到托爾令人太開心了。因為自友盟國高峰會那晚以來，我就沒見到托爾了。

我把弗雷丟在一旁，跑到托爾身邊去。

「托爾，好久不見！最近不太有機會見到你，我一直好想你喔。」

托爾無言地驚訝眨眼。

接著慢慢伸手摸我的頭髮。

「托、托爾？」

「小姐……還真罕見您把頭髮解開，平常綁的緞帶怎麼了嗎？」

「緞帶？啊！」

托爾越過我看弗雷。

與其說看弗雷，倒不如說是看我那條在弗雷手中的黑色緞帶。

「啊，這個嗎？你們家的小姐太沒戒心了，我就在床上替她解開了。因為我很擅長解開緞帶啊～」

「你啊，不過只是解開緞帶幹嘛一副了不起樣啊？這誰都做到的。」

我吐嘈一臉得意，搞不清楚想幹嘛的弗雷。

托爾臉上掛著虛偽笑容迅速走到弗雷身邊，一把搶過他手上的緞帶，又迅速地回來繞到我背後。

「托爾？」

「小姐，請別亂動。」

接著開始替我綁頭髮，正如他還是我的騎士那時常替我做的一樣。

他的手指現在也清楚記得作法吧，手法相當俐落。但對我來說，喜歡的人用手指梳自己的頭髮，總覺得不太自在，好害羞。

以前明明沒這種感覺啊，以前根本不算什麼的啊！

「謝、謝、謝謝你托爾！」

我大概紅了一張臉，所以低著頭道謝。

「請不用謝，您難得有一頭美麗的紅髮，可不能披頭散髮的。小姐可是歐蒂利爾家的千金。」

「……」

「托爾，這麼說來，你以前曾經說過我的頭髮很漂亮呢，『只有』頭髮漂亮！」

「啊！」這句話讓我想起一件事，我轉過身看托爾。

托爾一張笑容僵在臉上。

不知為何，弗雷在他背後努力忍笑。

「小姐，您完全恢復精神了呢。」

托爾突然轉換話題，讓我「咦？」了一下。

啊啊，對啊，上次見到托爾時，我因為那個金髮男子全身發抖無比害怕，那讓托爾相當擔心。

明明那般恐懼，最近因為愛理不當救世主的事情，耶司嘉主教的斯巴達教育，還有手忙腳亂的小組課題，那男人的存在在我心中稍微變淡了。也或許是我刻意想要忘記吧。

「是、是啊！可能已經恢復精神了！因為最近學校的小組課題很忙。」

「……那真是太好了。話雖如此，還真罕見小姐前來王宮呢，今天是有什麼事來王宮？而且為什麼在弗雷殿下的房裡？」

托爾依舊頂著一張面對外人的客氣笑容如此詢問。

托爾是怎麼了啊？好像戴上一張面具，從剛剛開始表情完全沒改變過耶。

「啊，這個啊，我是來接他的啦。聽說他和吉爾伯特王子吵到大打一架，那之後嘔氣鬧彆扭完全不回學校，所以尤利西斯老師拜託我來帶他回去。真的是個麻煩的王子啊。」

「啊啊……原來如此。」

托爾有點安心地鬆了一口氣。

另一方面，弗雷開始在後面發牢騷：「快點回去吧。」真是的。

「托爾，那先再見囉。王子大人似乎不開心了。」

「……啊。」

托爾喊住我。

我一轉過頭，托爾不知為何在騎士團制服的口袋翻找。

他拿出什麼東西，執起我的手，放在我手上。

「這個，給您。」

我還以為是什麼，是用可愛黃色包裝紙包著的糖果。

這大概是街頭巷尾熱銷的，常見的蜂蜜檸檬糖果。

「咦，可以嗎？咦，托爾為什麼會隨身帶著蜂蜜檸檬糖果啊？」

「啊～缺乏糖分的時候會吃，副團長……萊歐涅爾副團長常常分給我們。」

「是喔～謝謝。那我下次做飯糰給你喔，包杏桃酸梅的那種！」

「咦……？」

我說完後，托爾驚訝眨眼，稍微紅了臉頰清清喉嚨後說：

「謝謝您，我等著。最近變冷了，小姐還請注意身體。」

很有優秀青年騎士的架式，手貼胸口對我一鞠躬。

總覺得今天的托爾有點奇怪。

他受傷或生病常瞞著不說，讓我有點擔心。雖然守護者的工作休息中，是現在騎士團的任務很忙讓他很累嗎？

「喂～組長，快點回去吧，這種地方我連一秒也不想多待。」

「什麼啊，這不是一直關在房間不出來的人說的台詞吧。」

弗雷莫名地不停催促我。

然後，明明平常不會這麼做，但他現在環住我的肩膀轉過去看托爾，不懷好意地竊笑。

而托爾呢，還是那張虛偽笑臉。

托爾曾經是我的騎士，所以對黏著我的蒼蠅很敏感。肯定是擔心我會不會把弗雷的玩笑話當真吧。

別擔心，別擔心啦托爾，我能分辨弗雷的玩笑話啦。

「呵呵……那個小哥令人意外地善妒耶，還有看起來占有欲超強。」

「喂，弗雷，你可以別戲弄我家托爾嗎？話說回來，托爾和你大概同齡喔。雖然托爾比你更成熟。」

「什麼，真的假的？」

我揮掉弗雷搭在我肩上的手時，正好走到王宮內的穿廊前。

「啊……」

從那邊可以看見庭園，一位認識的人就坐在噴水池旁，垂頭喪氣。

那是吉爾伯特王子，看起來相當疲倦。

「……」

我對吉爾伯特王子沒有什麼好印象。

因為我總是被那位殿下責罵。

但看他那副模樣，他也被自己的立場逼得走投無路，因為各種糾葛而煩惱痛苦吧。

生為王子，在擁有華麗人生的同時，也失去了自由，連個人的小期待或願望都難以實現。

吉爾伯特王子應該真的很喜歡愛理吧。

肯定想要守護愛理。

但要是愛理不再是救世主，他就得被迫做出身為王子，而非身為守護者的選擇。

正因為如此，他或許是我們當中，現在因為立場而最為搖擺不定的人。

離開王宮，回去魔法學校的路上，我向弗雷提議：

「欸，弗雷，要不要直接去魔法垃圾棄置場？」

「呃，妳又要去翻垃圾嗎？組長，妳姑且也算是貴族千金吧，會不會太活潑啊？我可不要啊。」

「怎樣都不去？」

「怎樣都不去。」

弗雷「哼」地一聲撇過頭，很堅持不願意去魔法垃圾棄置場。

看到他的反應，我想起之前在垃圾場看見他那無法理解的言行。

「該不會是之前發現的那個手拿鏡有什麼祕密吧？你看到那東西的時候，樣子很明顯不對勁耶。」

「……」

弗雷的視線往斜上方飄，一段時間後開口說了意料之外的話：

「那個，是以前艾莉西亞大人的東西。」

「什麼！」

我嚇了一大跳。再怎麼說也曾經是一國王后殿下的東西，竟然被丟棄在那種地方，這真的可能嗎？

「但、但為什麼？這也太奇怪了吧。」

「誰知道啊，我也不知道為什麼那位大人的手拿鏡會被棄置在那種地方。但是，那絕對是艾莉西亞大人的東西，我知道。因為那個手拿鏡，是艾莉西亞大人一直很珍惜的東西。」

越聽越不安。

我真是的，不知道那是已故王后殿下的物品，就這樣把那個手拿鏡丟在魔法垃圾棄置場。不知道什麼時候會被當成垃圾處理掉，在大量的垃圾中也會立刻被淹沒。

「那件事，不告訴吉爾伯特殿下可以嗎？」

「啥？」

「因為那是吉爾伯特殿下母親的遺物不是嗎？不是可以丟在那種地方的東西啊！」

「誰理他啦，那個笨蛋哥哥。」

弗雷突然變得很不高興。

在人行道上停下腳步，咋舌搔頭。

「啊～啊～受不了了！我要去找漂亮的大姊姊安慰一下，組長妳就自己去翻垃圾吧。」

「喂，什麼啊，太過分了吧！」

「再見～」

弗雷走上建築物牆壁，往不知何處逃跑了。

「這傢伙真無情……真是太傻眼了，真的是個不良兒子。」

但是在聽完他的過往後，稍微能理解他不想要碰觸那個手拿鏡的理由。
沒有辦法，我只好自己去魔法垃圾棄置場。
如果那個手拿鏡是王后艾莉西亞大人的東西，就更應該在被當成垃圾處理前找回來送回王宮才行。

「我記得應該在這附近耶……」
我獨自來到魔法垃圾棄置場。
雖然剛離開王宮，還是一身貴族千金打扮，但也沒辦法。
無論如何都得再次把那個手拿鏡找出來的心情更勝一籌，即使弄髒衣服還是拚命尋找。
但遲遲找不到，雖然是以之前發現的地方為重點尋找。
該不會已經被處理掉了吧……
「在此就交給最擅長找東西的波波太郎吧啵～」
「小小的咚助可以到垃圾世界的天涯海角吱～」
「啊，你們兩個！」
波波太郎和咚助從我的裙襬中探頭探腦溜出來，說了充滿幹勁的話之後，就跑進垃圾重重交疊的隙縫中了。

「你們會被壓扁啦！快點回來，我拿葵花籽給你們啦～」

我探進垃圾的縫隙中「啾啾啾」的呼喚小倉鼠們，但拿葵花籽引誘牠們也不回來，牠們是精靈，我想應該是沒問題啦……

背後有人喊我，我抬起頭。

「喂，歐蒂利爾，妳在幹嘛？」

不知何時，石榴石第三小組的同學們包圍住我。

大概是因為我單獨前來，讓他們覺得很可疑吧。

話說回來，這些人常常出現在這邊耶。

「如果妳要使用這裡，今天也要找軟膠球來啊。」

第三小組的組長丹強迫我繳稅，彷彿垃圾國的暴君。

「等、等等！欸，你們有沒有在這附近看到手拿鏡？有個把手，銀色的，雖然有點舊了，但邊緣的花朵裝飾非常華麗。」

「……手拿鏡？」

第三小組的同學面面相覷，疑惑歪頭。

「妳把貴重的手拿鏡弄丟在這邊嗎？」

「哇塞，真的假的？笑死人～」

「所以我就說了嘛，這裡不是貴族千金可以來的地方！」

組長丹露出不悅表情，馬爾斯姊弟誤會了什麼而格格笑著。

「我先說，那個手拿鏡不是我的……什麼，找到了？找到了嗎？嗚哇啊啊啊，真不愧是我的咚波波！」

兩隻小倉鼠從魔法垃圾的縫隙中，「嘿咻、嘿咻」把手拿鏡拖出來。小小的身體拚命搬運手拿鏡的樣子好可愛，奮不顧身的樣子都讓我快哭了。正確來說是真的哭了。

手拿鏡平安無事，沒破掉也沒有壞掉。

能找到真是太好了……

我拿出手帕擦拭手拿鏡表面，模糊的鏡面倒映出自己的樣貌。

會被丟在這邊應該是魔法手拿鏡吧，卻沒出現類似的現象。

「這個手拿鏡，是怎樣的魔法道具啊？」

「妳不惜弄髒那種輕飄飄衣服也要找到，卻連這是什麼東西也不知道啊？」

第三小組組長丹不知道在想什麼，在我面前蹲下抽走手拿鏡。

接著搖晃、翻來覆去，還確認了手把。

「這個……大概是之前在米拉德利多貴族間很流行的鏡子訊息喔。」

「鏡子訊息？」

我沒聽過這東西，但第三小組的成員全部「啊～」了一聲，看來這似乎是頗有名的魔法道具。

「鏡子訊息是魔法手拿鏡的功能之一。」

微胖男孩法蘭西斯替我說明。

「舉例來說，可以用鏡子照映自己的身影後，對鏡子說些話，然後這個鏡子就可以把身影和這段話擷取下來儲存在鏡子中保管。聽說把這個當情書送給在意的異性，比手寫的情書效果更好。」

「啊啊，原來如此～是這麼回事啊。」

我稍微理解了。可以留存照映在鏡子上的東西，很接近影片的感覺吧。

但只是換成漂亮的手拿鏡，感覺比影片更浪漫。

「但是鏡子訊息的功能無法啟動耶，裡面應該儲存了什麼啊。」

丹皺起臉把手拿鏡還給我。

「該不會是壞掉了吧。」

「有可能，或許是上鎖了之類的。這可能是有什麼不得了內幕的東西喔，贓物之類的。」

「……」

確實有這個可能，哪個人從王宮偷出來的可能性。

如果這個手拿鏡中存有王后生前的模樣與訊息，很有可能被拿來惡用。

「然後呢，結果妳找這個幹嘛啊，歐蒂利爾。」

終於問到這一點上了。

我緊緊抱住手拿鏡，朝第三小組的組員們鞠躬。

「拜託！請別過問這件事，我只是要把這個東西歸還它原本該在的地方而已。雖然原本的主人已經過世了……」

「什麼？」

我接著又追加了一個迫切的請求。

「還有今天的納稅！可以等我一陣子嗎？」

「咦？」

「等我把事情解決之後，不管是要二十個還是三十個軟膠球，我都會找來！」

鴉雀無聲了一段時間。

「咦？」我抬起頭，只見第三小組的大家全呆傻了一張臉。

連總是一張嚴肅表情的丹也鬆開眉頭，半張著嘴。

「妳把那當真了啊？」

「咦？」

「這位千金也太天然呆了吧，妳外表看起來傲慢，沒想到這麼認真。」

丹的這句話讓我驚訝眨眼。

不是啊，那可是他們說的耶。剛剛明明還滿滿敵意，明明就想要我繳稅的啊。

「啊哈哈哈哈哈哈哈哈。」

其他人也捧腹大笑。

「哼、哼，什麼啦！算了，我要走了，你們就在這裡笑死算了。」

「啊哈哈哈哈哈哈哈哈哈。」

「……」

我氣得鼓起臉，轉過身背對第三小組的人要離開這裡。我不找軟膠球來繳稅了，我要逃稅。

「喂，歐蒂利爾！如果是很危險的事情，妳可別深追啊！」

只是走遠時，丹在背後對我這樣說。

基本上算是擔心我吧，我轉過頭輕輕揮手。第三小組的組員們隨興地揮手回應。

說來說去，他們是個相當有人情味，早熟的小組啊。

下一次還是好好上繳今天的軟膠球吧，就這樣做。

我拿著那個手拿鏡，先回去盧內・路斯奇亞魔法學校的玻璃瓶工房一趟。

如果魔法手拿鏡是王后殿下的東西，拿去王宮前想要好好擦拭乾淨，我也得換掉弄髒的衣服。

而且，也想讓弗雷再確認一次。

這個真的是艾莉西亞大人的東西嗎？

但只有尼洛和勒碧絲在玻璃瓶工房裡，不見弗雷。

尼洛和勒碧絲似乎正在拆解從魔法垃圾棄置場找回來的東西。

「瑪琪雅，妳回來了啊。」

「勒碧絲，我回來了。欸，弗雷有回來這裡嗎？」

我在工房內四處看，正在做什麼工作的尼洛拉起臉上的護目鏡。

「弗雷？妳不是去王宮接他了嗎？」

「原本是這樣，但他中途跑掉了。真的是，就只有逃跑是一流的。」

尼洛和勒碧絲表情認真地說「這樣啊」，哎呀，他們應該能想像那個場面。

「話說回來，瑪琪雅，妳手上那個到底是什麼啊？」

勒碧絲發現我手上拿著手拿鏡。

「我啊，又跑去那個魔法垃圾棄置場了。因為有件事我一直很在意，然後就把這個撿回來了……」

「這是有鏡子訊息功能的手拿鏡吧。」

尼洛只是稍微看了手拿鏡一眼，立刻看穿這個魔法道具。

「沒錯！真不愧是尼洛。」

我對尼洛和勒碧絲說明至今發生的事情。

在那個魔法垃圾棄置場發現這個手拿鏡的事。

之前弗雷看到這個手拿鏡時，出現奇怪反應的事。

在魔法垃圾棄置場遇見第三小組，得知這裡面有鏡子訊息的事。

勒碧絲和尼洛眼睛眨個不停，也靜靜聽我說話。

「我認為，這個手拿鏡中，應該留下了王后殿下生前留下來的鏡子訊息。但不知道是不是壞了，根本毫無反應。欸，尼洛，這是不是壞掉了啊？」

「……給我看看。」

尼洛拿過手拿鏡，翻過背面看，用手指滑過鏡子表面，像是在調查什麼。

把鑲嵌在手拿鏡把手上的金屬拆掉，用拇指按壓，試著讀解只能透過他的隱形眼鏡看見的術式。

啊，鏡子表面出現了滿滿的術式。

尼洛是在幹嘛啊？該不會是類似駭客之類的吧？

「！」

鏡面如水面搖晃後，還以為術式要消失了，接著出現本來不應該在上面的東西。

身穿藍紫色禮服，一頭米色捲髮的美女。

「這個……該不會是王后殿下吧？」

「……我不是路斯奇亞人，也不太清楚耶。」

勒碧絲也在旁邊看，但她和我一樣不知道王后殿下長怎樣。

「至少應該是王家的人，鏡子裡照到背後的家具上，有路斯奇亞王家的紋章。」

尼洛也沒有辦法判斷她是不是王后殿下，但正如他所說，在艾莉西亞大人背後，確實有好幾個繪有路斯奇亞王家紋章的家具。

鏡中的美女優雅微笑，偶爾眨眨眼。看來這似乎不是靜止畫面，果然是影片。

只不過，她沒有開口說什麼，只是看著鏡子，確認自己的樣子而已。真的，就像是看鏡子確認自己的臉和妝容。

「魔法手拿鏡，本來就是像這樣拿來記錄自己每天的模樣用的。現在肯定是隨機播放的狀態。」

尼洛如此說完後，鏡子表面搖晃，接著照映出不同東西。

「這個……是什麼啊。」

遠遠地看到，小小的，一張有床頂蓋的床，好幾個人圍在床邊的樣子。

『滾出去。』

只有聲音聽得很清楚。有點沙啞，似乎很痛苦的女性聲音。

『弗雷，滾出去，從我的面前離開……離開這個王宮。』

弗雷？

弗雷是，那個弗雷？

一段時間後，圍在床邊的其中一個孩子，腳步匆忙地跑出房間，邊舉起手臂壓著臉拭淚。

接著，門關上的「啪噹」聲響起。

『對不起，弗雷，我已經……沒有辦法保護你了。』

女性似乎在哭泣。

『吉爾伯特，那孩子就拜託你了。』

『我知道了，母親大人，我會保護弗雷。』

看見一位靠在躺在床上的女性身邊，努力忍住淚水，想要讓母親放心的少年。

我知道那是誰。

雖然沒辦法清楚看見五官，但那有身為王子自覺，優雅又自豪的口吻，無須懷疑就是那位吉爾伯特殿下。

而剛剛跑出房間的那一位，肯定就是我們石榴石第九小組的弗雷……

只不過在此，鏡子表面出現了讓人心頭一跳的紅色鑰匙符號，沒辦法繼續看剛剛那個影片的後續。

「不行，沒辦法繼續打開了。」

似乎連尼洛也沒辦法繼續打開。

「想要打開，就必須輸入設定好的密碼，而且還有兩個。」

「兩個？」

光一個密碼都不知道了，竟然還要兩個，我們只能舉雙手投降。

看來只能把手拿鏡擦乾淨拿去王宮了。

不對，那或許才是正確的。再繼續偷看王后殿下的手拿鏡似乎也不太好……

「我聽到整件事了！」

凜然的聲音突然在工作室內響起，我們嚇得聳肩。

一對雙人組不知何時出現在工作室門口，低頭俯視我們。

「貝亞特麗切！」

以及她的管家尼可拉斯。

石榴石第一小組的小組長貝亞特麗切，豪爽地撥開她的長金髮，走下樓梯，接著仔細盯著桌上的魔法手拿鏡看。

我不知道她從哪邊開始聽起，但她似乎完全明白怎麼一回事了。

「這個手拿鏡，確實是王后艾莉西亞大人的東西。」

身為吉爾伯特王子前未婚妻的她如此斷言。

「果然是這樣嗎？」

「是的，我記得這是國王送給王后殿下的東西。上面有王后殿下深愛的毛茛花雕刻裝飾，對吧？」

貝亞特麗切讓我們確認手拿鏡邊緣的裝飾。

聽說國王贈送物品給王后時，工房絕對都會加上毛茛花的裝飾。貝亞特麗切和王后艾莉西亞大人關係密切，她說的話很有說服力。

「嗳，貝亞特麗切，想打開這個手拿鏡中剩下的鏡子訊息，似乎需要兩個密碼，妳有頭緒嗎？」

「……兩個密碼？」

貝亞特麗切在旁邊的沙發上坐下，雙腳交疊手抵著下顎深思。

小管家不知從哪拿出茶組，還想著她怎麼就這樣開始優雅喝茶，她又發了一下呆，接著，大約十分鐘後——

「這很簡單，王子殿下們肯定知道這兩個密碼！」

貝亞特麗切突然自信滿滿地豎起食指如此宣言。

因為花了不少時間，我和尼洛、勒碧絲都已經開始做起其他事情了。

「那是指弗雷和吉爾伯特王子嗎？」

我停下擦拭鏡子的手，問貝亞特麗切。

「當然，那兩位現在雖然水火不容，但小時候在艾莉西亞大人身邊，是比誰都要好的兄弟。艾莉西亞大人還設計了許多每當吵架時，吉爾伯特殿下和弗雷殿下得要攜手合作才能過關的『遊戲』呢。」

「遊戲？那是指……」

我的視線再次落在手拿鏡上面。

凝視現在也還在鏡子中靜靜微笑的王后殿下。

「我想，這個肯定也是艾莉西亞大人留給那兩人的『最後的遊戲』。雖然我不清楚艾莉西亞大人遺失的手拿鏡為什麼會在此時出現……而且還是在魔法垃圾棄置場。真是太離譜了。」

「沒錯，我也一直很在意這一點。」

雖然不是想跟著說貝亞特麗切的口頭禪，但這確實「真是太離譜了」。

除了「有哪個人刻意在這個時間點棄置在那邊」別無他想。

「那個，貝亞特麗切，我可以問一件事嗎？請問妳來這邊有什麼事呢？第一小組當據點用的應該是中心地帶的新工房吧？而且還偷聽我們說話。」

大概因為持續沉默吧，勒碧絲有點話中帶刺地問貝亞特麗切。哎呀，因為勒碧絲先前曾被貝亞特麗切說「我們小組不需要妳」啦。

「什……什麼偷聽啊，妳可別說那種詆毀人的話啊，勒碧絲・特瓦伊萊特。我是來刺探最大競爭對手第九小組的敵情！」

「刺探敵情更惡劣吧……」

沉默至此的尼洛小聲吐嘈。

貝亞特麗切裝出沒事的樣子繼續喝茶。

「呵呵，貝亞特麗切大小姐帶慰勞品來給第九小組的各位。最後的小組課題也開始了，希望我們彼此加油。以及，有點事情想要詢問瑪琪雅小姐。」

小管家尼可拉斯拿出一盒高級點心給我們。

大概是被說出太多祕密，貝亞特麗切紅了一張臉瞪著自己的管家。

小管家只是滿臉笑容，絲毫不為所動。

「貝亞特麗切有事情想問我，到底是什麼事啊？」

我邊從高級點心盒中，捏起貝殼狀的瑪德蓮邊問。

沒想到貝亞特麗切只是說著「那個，就是」，視線不停遊走，遲遲不把話說出口。

是因為害羞嗎？還是因為很困擾呢？

「貝亞特麗切，妳怎麼啦，還真不像老是一臉得意的妳耶。」

「那個……我想，妳應該知道吉爾伯特殿下最近的狀況吧。」

貝亞特麗切終於把想知道的事情說出口了。

我有點驚訝睜大眼。

「我聽說他最近心不在焉，看起來很疲憊，很憔悴之類的。然後想著，或許發生什麼事情了。」

我想起剛剛在王宮中庭看見的，吉爾伯特王子的樣子。

穿著總是一絲不苟的他，鬆開領口的釦子，在空無一人的地方垂頭喪氣的樣子。

「確實看起來相當疲憊，他應該承受了非常多的壓力吧。」

只有這點就連我也大概能察覺。

王子的使命，守護者的使命，友盟國高峰會中的責任……

最重要的還有愛理的事情，太多事情緊緊纏繞在那個人身上了。

「貝亞特麗切，妳現在也還喜歡吉爾伯特王子嗎？」

因為明明之前那樣在大庭廣眾之下被他責備，還是這麼在意他啊。

但貝亞特麗切搖搖頭：

「我們認識很久了，我現在仍舊很景仰他。但是，那已經不是愛作夢少女的戀慕之情了。我只是很擔心他，背負路斯奇亞王國的王子殿下們，每位都承擔了許多重責。」

就算是前未婚夫且是初戀對象，但在遇到那種事情後仍然不說吉爾伯特王子壞話還擔心他，貝亞特麗切真是太令人敬佩了。

另一方面，我也很在意明明被剝奪了王子的權限後養大，在這個局面下還來要求他要有王子自覺的弗雷。

「瑪琪雅，妳知道吉爾伯特殿下至今遭到狙殺，差點死掉的次數嗎？」

「……什麼?」

「次數之多是弗雷殿下比不上的。艾莉西亞大人和吉爾伯特殿下把弗雷殿下趕出王宮的理由就在這裡。」

我慢慢睜大眼睛。

想起剛剛才看到,留在手拿鏡中的艾莉西亞大人的話。

「我已經是沒辦法繼續與吉爾伯特王子來往的身分了,但艾莉西亞大人在過世之前,親自對我說拜託我照顧吉爾伯特大人。她對我說『不管要與誰為敵,拜託妳都要待在那孩子身邊』。」

然後,把吉爾伯特王子託付給貝亞特麗切。

艾莉西亞大人把弗雷託付給吉爾伯特王子。

「但是,我似乎已經無法遵守這個約定了。」

貝亞特麗切苦笑道。

「所以,拜託妳,請把那個艾莉西亞大人的手拿鏡拿去給殿下。只要看見母親大人生前的樣貌,聽見她留下來的訊息,肯定可以鼓舞殿下。」

「好,的確是呢。貝亞特麗切,謝謝妳。多虧有妳,很多事情都說得通了。」

我說完後,貝亞特麗切優雅且得意地微笑。

「瑪琪雅,我說過了對吧,我會站在妳這邊。如果又發生了什麼事,請向我求助吧。」

「好的，我會這麼做。貝亞特麗切，妳真的是我相當可靠的好敵手呢。」

接著，我們抓住彼此的手緊緊交握。

雖然平常互相競爭，我們也彼此信賴，兩人視線相交。

多虧有貝亞特麗切，我可以鼓起勇氣把這個手拿鏡拿去王宮了。

老實說我有點不安。我這個局外人把這個手拿鏡拿進王宮後，感覺會把兩位王子最不想讓人碰觸的部分暴露出來。

但是，發現這個手拿鏡的人是我。

那時鏡子閃閃發亮，彷彿表示希望我發現它。

還有剛才看到的，鏡子裡保存的影片……

聽完貝亞特麗切的話之後我確定了，王后艾莉西亞大人和吉爾伯特王子，把弗雷趕出王宮是為了保護他。

『弗雷，滾出去，從我的面前離開……離開這個王宮。』

弗雷不知道這句話真正的意義。

得要告訴他才行。如果不這樣做，大概誰也無法往前邁進。

幕後　弗雷，眾人肯定希望我有個灰色人生。

我名叫弗雷。

弗雷・勒維・盧・路斯奇亞。

惡妃拉拉的兒子，五王子，沒有王子自覺的廢物。

一回到王宮，就會被王宮裡的人說得一無是處，但或許這也是沒有辦法的吧。

『你這個沒用的廢物，如果你長得像陛下，還稍微看起來可愛一點耶。』

四王妃拉拉，無比厭惡和自己一個模子印出來的兒子。

大概因為拉拉缺乏自我肯定感，所以很討厭自己吧。

雖然她是親生母親，我現在依舊覺得她是個悲哀的女人。

從出生起就得不到母愛，王宮的人也嘲笑我是身上流有一半庶民血統的王子，我就在瞧不起我的人的惡意包圍下長大。甚至有人謠傳長得不像國王的我，或許不是國王的孩子。

即使如此，我小時候也以這個國家王子的身分自豪。

這大概是因為王后艾莉西亞大人總是這樣對我說。

『弗雷，你根本不需要感到自卑，拿出自信來，你要感到自豪。因為你確實是國王的孩子，是這個國家的五王子。』

既然出生為這個國家的王子，各自肯定都有偉大的任務，上天已經替我們準備好要保護這個國民的宿命。

『從王宮可以聽到迪莫大教堂的鐘聲對吧？如果你感到迷惘，就聽那個鐘聲。如此一來，你就能敲響自己的命運鐘聲。』

那位大人不停對年幼的我如此說，代替母親給我母愛，給予我身為王子該有的教育。

我知道了母親的溫暖，接著那轉為對並非母親的女性的憧憬，年幼的我理解了細微的戀情。對我來說，艾莉西亞大人就是如此崇高的存在。

而且，就算五王子是個完全沒有甜頭的立場，我將來也想要成為支持兄長大人們的力量，成為這個國家的其中一個支柱……我單純如此想著。

特別是吉爾伯特兄長大人，我想要成為他的力量。

比我大五歲，身為三王子的兄長大人，是我最尊敬的人。

那個人總是袒護從小常被惡言相向的我，在這充滿派系、權力鬥爭，惡意與殺意的王宮中，他總是站在我面前，態度毅然地從想傷害我的人手中保護我。那副模樣，非常地帥氣。

所以我一直想著。

如果艾莉西亞大人是我親生母親該有多好。

如果吉爾伯特兄長大人是我同父同母的哥哥該有多好。

但是，艾莉西亞大人過世那天，我的世界失去色彩。

我所深信的東西，全部反轉。

『弗雷，滾出去，從我的面前離開……離開這個王宮。』

『你不夠格當這個國家的王子。你和我不同，下賤又卑微，因為你是那個女人生的！』

我被這世界唯二比親生母親更愛的兩人拒絕，被剝奪了所有權利，被趕出王宮。

或許從很久以前。

艾莉西亞大人和吉爾伯特兄長大人就一直很討厭我吧。

或許一直在找個好時機要把我趕出去。

年幼的我大受打擊，覺得這世界上根本沒有人願意站在我這邊。
世上所有人，都冀望我不幸。
冀望，我有個灰色的人生。

在那之後，我在各地的寄宿學校流浪。
雖然禁止我暴露自己的王子身分，但我對於要去哪，對於所有事情都感到無所謂。我不想交朋友，也害怕交朋友。
只是我眷戀體溫，無意識地，不加選擇地渴求年長的女性。
不執著於任何一人，只是吊兒郎當地來來去去。利用【地】之寵兒的能力四處遊蕩，短暫撫慰孤獨。
或許我心中有某個地方，在尋找艾莉西亞大人的身影吧。

十五歲的冬天，有個罕見的訪客到遙遠的寄宿學校來找我。
那是二王子，尤利西斯兄長大人。
他是大我十歲以上的哥哥，在我還小時，他一直在梵斐爾教國留學，幾乎和我沒有任何交集。

但是，尤利西斯兄長大人露出讓人完全看不出心思的微笑，對我如此說：

『明年春天，你就進盧內・路斯奇亞魔法學校念書。你有魔法的才華，哎呀，就當被騙，把所有事情交給我吧。』

我心想，這個人是在說什麼啊。

我確實是【地】之寵兒啦，很諷刺的，遺傳自惡妃拉拉。

寵兒們全都有魔法才華，但就算如此，現在竟然要我去學習完全沒興趣的魔法？

據說尤利西斯兄長大人是位舉世罕見的魔法天才，數百年才會出現一位的人才，白之賢者再世之類的，那可是自小備受期待、深受喜愛的王子大人呢。

就算我是寵兒，有著還過得去的魔法才華，也絕對贏不過這個人。

他到底是對這樣的我有什麼期待，想讓我做什麼啊？

這幾年變得卑微扭曲的我，就算靠著兄長大人的裙帶關係進入盧內・路斯奇亞念書，也不可能突然湧出幹勁。

第一年，只是加入被老師分發的，毫無幹勁的小組混吃等死。結果沒學到什麼技術和知識，留級了。

看吧，我根本沒什麼了不起。

魔法無法救我，我也無法靠魔法幫助任何人。

我肯定會這樣悶在這裡一輩子，腐爛，在許多人的嘲笑下孤獨死去。所有人都如此冀望。

繼續讓大家失望，讓大家看見我悲慘的樣子。

怎樣，滿足了嗎？

將尊貴的艾莉西亞大人逼上絕路的惡妃拉拉的兒子，會背起一身罪孽，一輩子待在這個牢籠中。名為「魔法學校」的牢籠。

『冒昧在你睡得正香時打擾，方便借點時間嗎？』

但有人發現了我，想要我。

石榴石第九小組。男爵千金且囉哩叭唆的組長瑪琪雅小姐，反之不愛說話冷酷的尼洛，以及美麗卻很嚴厲的留學生勒碧絲小姐。是群記起來毫不費功夫，相當有特色的組員。

我以前在毫無幹勁的小組裡，這裡完全相反，組長用她多到有剩的魔法熱情與幹勁引領組員前進，我也被她拉著走，雖然嘴上抱怨，倒也過著挺充實的校園生活。

魔法也是，認真接觸後發現非常有趣，有什麼不懂去問其他組員就好了。整體來說，石榴石第九小組的成員個個都很優秀、很努力。

不只如此，該怎麼說呢，待在這裡很舒服。

當大家聚集在學校邊緣的工作室裡時，不知為何讓我感到安心。

我一回到那個地方，每個人都會對我說「歡迎回來」。

就算被組長罵，嗯，感覺也還不賴啦。

而且，知道我是王子之後，沒有一個人態度出現改變。

那大概是因為，每個人都因與我同等，甚至超越我，難以想像的情況而來到這間魔法學校吧。

這種事我也知道，因為我從以前開始就只有看氣氛這能力無人可及。

沉浸在第九小組的舒適感中，我最近有點遺忘了。

我這個存在的低賤，以及罪孽深重。

忘記我是眾人冀望有個卑賤如螻蟻人生的王子。

那個手拿鏡，肯定是為了讓我想起這件事才出現在我面前。

大教堂的鐘聲響了。

責備我的那個鐘聲，響了。

第七話　兩位王子敲響鐘聲（下）

我仔細擦亮王后殿下的魔法手拿鏡後，拿母親給我的深藍色絹布包起來抱著，前往王宮。

已經夕陽西下了。

我找弗雷找到最後一刻，但還是沒有找著。

據尼洛所說，他也沒有回男生宿舍，以前和學姊們爆發修羅場的那個海邊，也沒有他曾出現的痕跡。

「那傢伙到底是上哪去了啊。」

算了，既然如此，就先把這個交給吉爾伯特王子吧。

剩下的之後再說。

身為守護者，我手上有進入王宮的通行證。

只不過，這還是我第一次在王宮請求謁見吉爾伯特王子。

大概沒想到我會來找他吧，那之後讓我稍候了一段時間，接著有人領我到我從未踏入的吉爾伯特王子的辦公室。

我做好覺悟後敲門，聽見低沉的「進來」，我進入辦公室。

「非常感謝您在百忙之中抽空見我。」

我拿出貴族千金該有的態度一鞠躬，抬起頭的瞬間嚇了一跳。

因為吉爾伯特王子坐在大桌子後方，雙手交扣抵在嘴邊，眼神兇狠地瞪著我。

「虧妳還敢大大方方出現在我面前啊，瑪琪雅・歐蒂列爾。」

喔，要來了～

他眼神表現出對我的憎恨，但或許因為疲憊還是精神層面的問題，他的黑眼圈更讓我無比在意。

「妳給了愛理那麼大的打擊，讓她自信全失，妳這傢伙……」

我心想，他果然要責備我這件事啊。

然而，我的表情沒太大改變。

「我只是告訴愛理大人事實而已，再那樣下去，她遲早會被與理想不同的現實壓垮。」

我清楚地如此斷言。

大概是因為我回嘴吧，吉爾伯特王子臉上的陰影變得更深，表情也更扭曲。

「我、我非常清楚您對我不滿！但吉爾伯特殿下，我是為了要讓您看這個才前來參見。」

我在吉爾伯特王子面前，攤開包著手拿鏡的絹布。

吉爾伯特一開始露出不知我在幹嘛的表情，但銀色手拿鏡從絹布中現身的瞬間，他的臉色明顯不同。

「這個……是……」

光看他的反應也知道，吉爾伯特王子果然知道這個手拿鏡。

「這個手拿鏡是我在魔法垃圾棄置場撿到的，因為我聽說這是與王后艾莉西亞大人有關的東西……」

在我說完之前，吉爾伯特王子用力敲桌，吐出憤怒的話語。

「別說笑了！那怎麼可能！王后艾莉西亞的手拿鏡確實失蹤了，但怎麼可能被丟在魔法垃圾棄置場……這不可能！妳這傢伙，是在汙辱這個國家的王族，汙辱崇高的王后嗎？」

是無法置信，還是不想相信呢？

吉爾伯特王子彷彿視桌上的手拿鏡是迷惑他的偽造品，用力拍落。

「啊……！」

糟糕，鏡子會掉在地上破掉——

最糟糕的狀況一瞬間閃過腦海，但手拿鏡在落地前停在半空中。

這是某人沒有詠唱咒語便施展出來的飄浮魔法。

「吉爾伯特殿下，還請您冷靜點。」

托爾不知何時打開這間辦公室的門，就站在一旁。

托爾用飄浮魔法將手拿鏡移到自己身邊，拿起手拿鏡交給吉爾伯特王子。

「就連魔法也難以修復壞掉的物品，您會……後悔的。」

「……你這傢伙！」

但吉爾伯特王子沒再多說，只是緊握拳頭低著頭。

臉色似乎有點蒼白。

至少，看起來像對手拿鏡沒壞鬆了一口氣。

而且從他的複雜表情可看出，他比誰都清楚自己現在十分混亂。他深呼吸一次後，撩起瀏海。

「抱歉，讓你們看見不像樣的一面，我失態了。」

喔喔，吉爾伯特王子竟然對我和托爾道歉，太稀奇了。某種意思上來說他或許還在混亂之中吧。

就在我如此思考時，王子從托爾手中接過手拿鏡，重新確認。

他的眼神，逐漸透露出悲傷以及懷念。

沉默一段時間後，吉爾伯特王子小聲嘆氣：

「毛茛花的雕刻裝飾，王室專屬羅蘭工房製作的魔導式手拿鏡……啊啊，這確實是我的母親，王后艾莉西亞的東西。沒有錯。」

他語氣冷靜地如此回答。

雖然還帶有些微震驚，但從他的聲音和表情可知，那個手拿鏡對他來說果然是深有回憶的東西。

我第一次看見吉爾伯特王子這種表情。

「這在王后……我的母親大人過世那天消失不見。這是國王贈送的物品，是母親大人的寶物之一。總是擺放在房間裡梳妝台上的立架上，她只要有空就會拿這個鏡子照自己或是我，確認身為王族應有的儀容。」

吉爾伯特王子抬起頭來重新看我，既非怒吼也非懷疑地問我：

「瑪琪雅・歐蒂列爾，妳說妳在魔法垃圾棄置場發現的，這是怎樣被丟在那的。」

我也很冷靜地回答：

「被埋在好幾個魔法垃圾下面，但它閃耀著強烈的光芒，所以我很好奇，好不容易才拿出來。然後，弗雷他……」

我一瞬間猶豫該不該提及弗雷，但還是繼續說下去：

「弗雷殿下說這是艾莉西亞王后殿下的東西，我很在意才會拿來這裡。」

「弗雷說的？」

吉爾伯特王子的眉尾些微上揚。

在大打一架之後，現在彼此都有些疙瘩。

「那個，吉爾伯特殿下。這個手拿鏡中有王后殿下生前留下來的幾個鏡子訊息，但是想要打開，似乎需要兩個密碼。」

「妳說兩個密碼？」

「請問殿下有什麼頭緒嗎？」

吉爾伯特王子又沉默了一會兒，手抵著下顎，一臉奇妙表情。

吉爾伯特王子肯定也非常想知道自己母親留下的訊息。

肯定想要再次見到母親會動的微笑，令人懷念的身影。

我和托爾，靜靜等待保持沉默的吉爾伯特王子回答。

下一刻，吉爾伯特王子突然輕聲念出一句：

「『在毛茛花，盛開的，山丘上』。」

毛茛花是王后艾莉西亞大人最喜歡的花……

大概是對這句話產生反應，鏡子表面湧現淡淡光芒，吉爾伯特王子剛剛念出來的句子變成文字出現在鏡面上，這是其中一個正確密碼。

「剛才那是？」

「那是母親大人告訴無法使用魔法的我，總有一天肯定會用上的『魔法』時教我的咒語。我從來不曾忘記過……但沒想到，竟然是打開鏡子訊息的密碼——」

手拿鏡突然響起對心臟很不好的「嗶～～嗶～～嗶～～」聲，我們全嚇一跳。

鏡面出現類似注意事項的紅色文字，寫著「請打開第二道鎖」。

不僅如此，還出現滴滴答答倒數的數字，這什麼啊？好恐怖喔。

「怎、怎麼一回事？」

從五個小時開始，一秒、一秒逐漸減少。

「該不會，這是限時的鏡子訊息啊！」

「限時？」

看來只要輸入第一個密碼，就會自動開始倒數。在數字歸零前不輸入另外一個密碼，王后殿下儲存在手拿鏡中的鏡子訊息就會被刪除。

裡面可是保存與王家有關的訊息，如此徹底地管理也不奇怪吧……

「怎、怎麼會這樣！我只知道這一個密碼。」

那個吉爾伯特王子完全白了一張臉，神色相當驚慌。

「請恕我失禮，殿下，這真的是王后殿下留下來的鏡子訊息嗎？有沒有可能是利用這點的限時炸彈呢？」

「什麼？限時炸彈？」

只有托爾從完全不同角度警戒手拿鏡，但吉爾伯特王子搖搖頭。

「不……不，這極像母親大人會做的事情。她是一位很喜歡有時間限制，設計精密遊戲的人。」

我擅自想像王后殿下是一位很夢幻、優雅的人，沒想到是喜歡做這類機智設計的人。

我從吉爾伯特王子緊握手拿鏡的手和他的表情，可以感覺他非常焦急。

這也難怪。母親大人的遺物突然出現，而且極有可能還沒看見留在鏡中的訊息就消失了。

我也繃起表情告訴他：

「弗雷肯定知道另外一個密碼！」

「……咦？」

吉爾伯特王子雖然驚訝，卻沒有否定。

王子也露出「肯定如此」的眼神，他至今仍相當清楚母親可能採取的舉動。

我想著「現在應該正是時候」，開口問吉爾伯特王子一件事：

「吉爾伯特殿下，請容我確認一件事。您是為了保護弗雷才把他趕出王宮的對吧，而這是艾莉西亞大人拜託您的最後一件事。」

「……」

吉爾伯特王子瞬間繃緊表情。

「妳那是聽誰說的！」

這個回答已經足夠。

如果我說錯了，他就不可能如此回答。

我沒有詳問，腳步迅速地離開辦公室。

得在時限內找到弗雷才行，得帶他來這裡才行。

「小姐？」

「瑪琪雅・歐蒂列爾，妳要去哪！」

托爾和吉爾伯特王子喊住我，我在辦公室門前轉頭：

「貝亞特麗切說了，艾莉西亞大人在吉爾伯特殿下與弗雷殿下吵架時，絕對會讓你們玩需要兩個人一起解決的遊戲。」

「……」

「您和弗雷大吵一架了對吧？我聽說你們吵到大打出手。艾莉西亞大人肯定早已預知這一切了。」

吉爾伯特王子彷彿回想起驅逐在記憶角落中的事情，露出恍然大悟的表情。

我不認為手拿鏡在這個時間點出現是偶然。

這是魔法手拿鏡，裡面有王后殿下的強烈心意，因此帶有魔力也不奇怪。

這肯定是艾莉西亞大人留下來的魔法力量在其中運作，要帶給吉爾伯特王子和弗雷兩人好好面對面的契機。

以前，那個耶司嘉主教曾經說過，魔法就是強烈「願望」的力量──

「那麼……我去。」

吉爾伯特王子也似乎想到什麼，想要走出辦公室。

托爾阻止了他。

「殿下請止步，殿下接下來應該要與福萊吉爾的大使餐敘。尋找弗雷王子的工作就交給我們吧。」

「不，我得親自去問出來才行。如果不那樣做，弗雷肯定不願意來這裡。就算勉強帶他來，我也不認為他會說出密碼。那傢伙對我……應該恨之入骨了吧。」

「殿下……」

雖然這樣說，吉爾伯特王子還有重要公務在身，他沒有現在溜出王宮去找弗雷的自由。而且……

「這太亂來了。」

我對吉爾伯特王子如此斷言。

「吉爾伯特殿下沒辦法逮住弗雷，弗雷可是【地】之寵兒，那傢伙的逃跑能力可是無人可及。」

吉爾伯特王子不會魔法。

要逮到弗雷的難度應該比我們更高。

「殿下，這裡請交給我和托爾。我們絕對會在期限內找到弗雷，帶他來這裡。別看我這樣，我和他同組，在學校裡一起共度的時間很長。我自認為還挺了解弗雷的。」

「瑪琪雅・歐蒂列爾……」

吉爾伯特王子稍微躊躇後問我：

「為什麼？妳為什麼要做這麼多。我可是不停否定妳耶，現在也還認為妳是對愛理有害的存在。妳應該知道吧，但這又是為什麼？」

聽他這麼一說我才驚覺。

我確實或許沒有幫他們到這種地步的必要。

連我自己也搞不清楚為什麼如此拚命想要解決……

我稍微思考後，試著組織成言語。

「再過不久，我在盧內・路斯奇亞的第一學年就要結束了。連作夢都會夢到的魔法學校生活，我過得無比開心。我認為這是因為弗雷是我們小組的一員，身為同伴和我們一起共度的關係。」

邊說出口，自己也覺得「原來如此啊」。

「不只是我，我想其他組員也有相同想法。所以我甚至很感謝您，吉爾伯特殿下。」

吉爾伯特王子慢慢睜大眼。

我轉過頭去面對他，把透過窺見一二的那個影像後出現的感謝心情說出口：

「謝謝您甚至不惜把弗雷趕出王宮，也一直保護著他到今天。」

「……」

而這份感謝，也獻給手拿鏡原本的主人，王后艾莉西亞大人。

那麼，沒有時間了。

我沒有等待吉爾伯特王子的反應，打開門快步走出辦公室。

托爾跟在我背後。

「我還以為小姐討厭吉爾伯特王子。」

托爾走到我身邊，毫不掩飾地開口說。

「咦？啊啊，嗯……我當然不喜歡他啦，他對我說了很多難聽的話啊。但是，要是這樣說起來，托爾你才是，你應該沒有時間在這種棘手的事情上湊一腳吧？」

「千萬別這麼說，我不能讓小姐獨自一人出現在夜晚的米拉德利多。那太危險了！」

「啊、啊啊，是因為這個啊。我是很高興啦……」

過度保護的托爾似乎仍然沒變。

而我呢，好久沒有帶著托爾一起外出的感覺，讓我有點興奮期待。

「話說回來，小姐，您對弗雷殿下可能會去的地方有頭緒嗎？」

我頓時停下腳步。接著「嗯～嗯～」低吟。

「弗雷可能會去的地方……有漂亮大姊姊的地方，之類的？」

「……」

啊，托爾別露出那種死魚眼啊……

今天在學校裡到處找都沒有找到，弗雷平常老是到處亂晃，而且跑超快根本逮不到人。

「怎麼辦，又不能去問遍米拉德利多的漂亮大姊姊。」

「要不要乾脆試試看？到處去問每個人。」

「托爾出面去問，也能秒殺漂亮大姊姊吧！」

「……」

大概因為我超級自信滿滿吧，托爾再次露出死魚眼。

雖然這樣說，我們在那之後跑遍夜晚王都的大街小巷，被不良王子的足跡搞得翻天覆地。

身為學生的我，不常在夜晚出來王都。

這時期，樹葉落盡的行道樹上裝飾各色的魔法燈飾，可以看見美麗的光之街道。

但與表面的璀璨光輝相反，小巷弄的陰沉令人難受。

我和托爾來到小巷弄中的詭異酒吧。

在我們到處問話中，得知弗雷常常到這裡來，所以和托爾一起來查看。

那傢伙，還不到可以喝酒的年紀吧……

一走進酒吧，像我這樣的貴族千金和王宮騎士，果然出現嚴重格格不入感。

每個人都在偷看我們，煙霧瀰漫，菸臭味好重，酒臭味好重。

邊忍受著窒息空氣與尖銳視線，我們開口問了吧檯內，身穿暴露衣服的花俏女性們。

「弗雷？啊啊，那個下垂眼的小白臉啊？」

「對對對對。」

就是這個，被當成小白臉的王子，那就是弗雷啊。

知道我們在說弗雷，其他大姊姊們也說著「什麼？什麼？」一臉好奇地聚過來，弗雷似乎相當有名。

「獨處？」

「他剛剛還在店裡，但已經走了。我有聽他碎碎念說想要獨處之類的。」

「妳怎麼啦，該不會是被那小子惹哭的女孩吧？」

嘴刁菸斗的高挑大姊姊看著我苦笑。

「哎呀，某種意義來說是被他惹哭了啦……」

因為害我得在寒冬中，到王都裡平時不可能涉足的詭異店裡來啊。

但大姊姊們笑得花枝亂顫。

「別和那傢伙扯上關係啦~他就跟水母沒兩樣。」

「就是啊，沒三分鐘熱度。」

「小姑娘，妳被那傢伙騙了啦，受傷前快放棄吧。」

「不，不是……那個……」

話說回來根本不是那一回事，不過我在大姊姊們眼中，似乎已經變成對弗雷專情，不解世事的千金小姐。說來說去都在擔心我會因為弗雷而受傷。

「小姐，我們差不多該走了，沒什麼時間了。」

「啊！說的也是，托爾。」

看來托爾不想讓我在這家店裡待太久。

他在大姊姊們面前的桌上放下小費，露出騎士該有的職業笑容。

「大姊姊們，非常謝謝您們提供很有用的消息，這點小心意請您們笑納。」

「哎呀，好男人呢。」

大姊姊們對態度凜然的托爾紅了一張臉。

哎呀，雖然和弗雷恰好相反，但托爾也相當受歡迎啊。

「小姐，該怎麼辦？弗雷殿下的足跡到這邊斷了，現在也只剩下大約一小時了。」

「是啊，這該怎麼辦呢。」

就算繼續問人找弗雷，那傢伙用比我們更快的速度到處移動，根本逮不到。真的跟水母沒兩樣，彷彿知道我們正在追他，把我們耍得團團轉。

沒有其他地方了嗎？那傢伙可能會去的地方，確實可以逮到他的地方。

他似乎碎碎念說想要獨處，那傢伙可以獨處的地方……

「啊……」

我想到一個地方。

「他該不會在迪莫大教堂的屋頂上吧。我第一次見到他時，他就在那邊！」

對啊，那裡是我邀請弗雷加入我們小組的地方。

那時我不知道他是這個國家的五王子殿下，只覺得他是很不認真的輕浮男子。

「迪莫大教堂……嗎？」

托爾露出有點尷尬的表情。

對托爾來說，那是不久前發生事件的地點。王宮首席魔法師的尤金·巴契斯特老師死亡的地點。

和青之丑角對戰的不祥之地。

不過，迪莫大教堂剛好位處和這邊對角的遙遠區域。

就算用跑的也要花上不少時間。

「這裡就輪到我出馬了，讓我用古里敏德帶小姐到迪莫大教堂去吧。」

「哇！」

托爾突然抱起我，讓我坐上他召喚出來的古里敏德的背上。

我們飛上天空，冰冷夜風吹在我臉上，我忍不住抱緊托爾的腰。

「真不錯呢，小姐這樣緊緊抱著我，真是非常溫暖。」

「你把我當防寒衣物啊！」

寒冬夜空下，王都閃閃發亮好耀眼。

不知是否因為這時期，魔法燈飾比平常更為閃耀的關係，可以看見情侶們在下方卿卿我我，有種不甘心的感覺。

「啊！托爾你看，是弗雷！」

但是，越靠近迪莫大教堂，可看見屋頂上有個無精打采的熟悉剪影。

我從龍的背上跳下去降落在迪莫大教堂屋頂上，我這生氣蓬勃的登場，讓弗雷丟臉地「嗚哇啊」亂叫。

「幹、幹嘛啊組長！嚇死我了耶～我還以為我心臟要跳出來了。」

「嚇一跳的人是我啦！完全逮不到你！」

「啥？什麼事情啦。」

弗雷完全狀況外。

我對著弗雷開始說明來龍去脈。

和弗雷一起發現的手拿鏡，果然就是王后艾莉西亞大人的東西。

而想要看艾莉西亞大人的鏡子訊息，就需要兩個密碼，只剩下不到一小時，那個訊息就要消失不見了……

弗雷一副無法理解的表情聽著我說。

「弗雷，吉爾伯特王子知道其中一個密碼。」

「然後咧？」

「另外一個密碼，你心裡有底對吧？」

「……」

弗雷大概知道我在說什麼，視線往旁邊轉。在那之後諷刺地嗤鼻一笑。

「哈~原來如此啊，吉爾伯特那傢伙為了要打開他母親大人的鏡子訊息，所以派組長來找我。他對我做的事情，在他心中要當成沒發生過嗎？話說回來，組長！他對妳說了那麼多過分的話，妳幹嘛還聽他使喚啊！」

弗雷似乎對很多事情不爽，轉過頭去背對我，又打算往哪邊逃跑。

要是在這邊讓他逃走，就沒辦法在期限內再找到他了。我一把抓住弗雷身上的長袍。

「弗雷你等等！不可以逃走！」

「逃走？」

弗雷視線帶著些許冰冷，轉過來看我。彷彿把我當成投靠敵營的背叛者，無法相信我。就是那樣拒絕的視線。

「組長，妳是什麼時候變成吉爾伯特的同夥了啊……」

「才不是！我一直都站在你這邊！」

「……啥？」

我衝勢過猛，不僅猛抓住弗雷的衣襟，甚至脫口而出：

「我站在你這邊！講白一點，艾莉西亞大人和吉爾伯特王子對我來說根本無所謂！」

托爾正好在此時安撫好古里敏德，走到我們身邊來。

托爾靜靜地，在旁守護著我們的互動。

「你不是說，學校的生活還挺開心的嗎？撒手不管、走一步算一步的那種灰色人生，其實你也不想要啊。話說回來，你是石榴石第九小組的一員，我才不允許你有那種人生！」

「組、組長？」

「如果你現在也還被初戀之人所說的話束縛，那就快點去更新。打開艾莉西亞大人的鏡子訊息，好好面對，在那之後，隨你想怎麼做不就好了嘛！」

和先前一樣，選擇放棄王子立場的生活也好。

做好身為五王子的覺悟活下去也好。

開啟新的戀情也好。

和我們一起勤勉向學也好。這樣最棒。

「哈哈……不行啦。」

但弗雷只是乾笑，開始說出不中用的話。

「組長，不行啦，我根本沒有資格看艾莉西亞大人的鏡子訊息。」

「弗雷，但是……」

「我等於是艾莉西亞大人養大的，養大想要陷害自己的女人的小孩，應該相當痛苦吧。她心中很恨我啊。如果鏡子訊息裡留下了對我的真心話和怨恨的話……那我……」

一想到可能再度被拒絕，就無法忍受。

弗雷毫不隱瞞地告訴我。

他是個只想要逃的膽小鬼。

因為艾莉西亞大人臨死之際強烈拒絕他，讓他深信自己被討厭、被憎恨。現在仍是如此。

這種話語的束縛，也是一種魔法。

「欸，為什麼！為什麼組長要哭啦！」

我似乎稍微被弗雷說出口的話感化了。

淚水一滴一滴滑落。

「那肯定很恐怖吧，一想到會被最喜歡的人拒絕，就會變得膽小啊。」

「……啥？」

弗雷一臉不懂我在說什麼，但托爾發現我在哭便立刻跑上前來，掏出手帕給我。

「小姐，您怎麼了？」

「哪裡還有什麼，就是隻愛哭鬼啊。」

拿托爾的手帕用力擦臉，托爾的氣味讓我稍微冷靜了。

另一方面，托爾則是緊盯著弗雷看……

「但是啊，弗雷，就算心情很複雜，艾莉西亞大人還是養育你，要把你教育成優秀的路斯奇亞王國王子，她真的是一位高尚、優秀的王后。你知道這樣的王后殿下最後偷偷託付給吉爾伯特王子的願望是什麼嗎？」

「……願望？」

「她說，希望到你長大成人前，可以讓你遠離王宮。」

「……」

弗雷一瞬間露出很受打擊的臉，讓我的心也跟著揪痛。

接著，弗雷背過身去。

「那我也知道，她可是直接告訴我了！要我滾出王宮。」

「你別誤會！艾莉西亞大人是擔心你。艾莉西亞大人因病過世那時，正好是拉拉王妃所做的壞事被揭穿之時。」

我深吸一口氣之後，把從貝亞特麗切那裡聽來的事情詳細說一次。

艾莉西亞大人過世那時，王宮裡正好有相當複雜的權力鬥爭。

聽說拉拉王妃的失控，也是其中一派煽動的。

「你身為拉拉王妃的兒子，當時似乎有想利用落單的你的勢力，以及想要暗殺你的勢力。為了讓你逃離魔掌，才會限制你的權限，把你趕出王宮。因為她自己死後，就沒辦法繼續保護你了……」

那個手拿鏡中留下了當時的影片。

——對不起，弗雷。

清楚記錄下她這一句話。

「吉爾伯特王子聽取艾莉西亞大人的遺願，長期以來持續讓你遠離王宮。就算要對你說難聽話，也要確保你的安全。或許，他對母親留下比自己更擔心你的話，因此對你感到忌妒吧……所以對你的言行才會那麼難以忍受。」

吉爾伯特王子確實派頭很大，高傲又排他。

我也被他說了很多難聽話，所以還沒辦法喜歡他。

但是，不能因此否定事實。我想，吉爾伯特王子應該不是打從心底討厭弗雷。但或許是很討厭我啦……

「弗雷，你現在還活著對吧？這就是結果。」

這是吉爾伯特王子把和王后之間的約定放在心裡，持續保護弟弟之後的結果。

「……」

弗雷無話可說。

但大概還記得自己當時曾有過生命危機，他沒否定這個說法。

「什麼啊，事到如今才對我這麼說，我到底該……」

彷彿想要發洩複雜的情緒，弗雷朝屋頂上的扶手猛力一敲。

「因為艾莉西亞大人已經不在了，就算她在鏡子中對我說什麼，她本人不在也沒有意義了吧！」

「弗雷……」

弗雷最痛苦的，是現在仍對艾莉西亞大人已經過世的事實持續絕望中。

就算理解什麼事，他都無法再對本人道謝了。那肯定讓他感到無比悲傷，所以不想看那個手拿鏡。

但是，弗雷得要在哪裡做個了斷，做出選擇。

今後，他必須跨越艾莉西亞大人這個存在，選擇要在王宮以王子身分活下去，亦或是選擇其他道路。

「欸，弗雷……你看這個。」

我做好覺悟，在弗雷面前，解開自己上衣胸前的鈕扣。

弗雷多少嚇了一跳。

但他確實看見了，浮現在我胸前的東西。

「其實，我被選為救世主的守護者之一。」

雖然不是原本的守護者，而是遞補上的守護者，但我被選上了。

是沒有自覺，能做的事情也少，很不成熟的守護者。

「五百年前殺死救世主的『紅之魔女』的後裔，竟然被選為新救世主的守護者，很可笑對吧？但是，有很多人笑不出來，所以至今仍未對外公開我的事情。」

「組長，妳……」

「這件事情公開之後我會變成怎樣呢？我偶爾有很想逃開的時候。」

因為，應該沒有人會認同我是守護者吧。

弗雷只是看見這個紋章，似乎就理解了許多事情。

「原來如此，所以吉爾伯特那傢伙，才會這麼愛找組長碴啊。」

弗雷接著苦笑。不知道是哪裡好笑，格格笑個不停。

「失禮了。」

此時，托爾突然介入我和弗雷之間。

他手腳俐落地替我扣上上衣鈕扣，重新把緞帶漂亮綁好。一連串動作不知道有沒有一秒。

「啊，托爾對不起，我讓弗雷看完紋章之後就丟著不管了。」

「小姐，您是笨蛋嗎？」

「啊？」

托爾突然罵我，滿臉笑容眼睛卻充滿陰霾，我嚇得睜大眼。

「正值青春年華的女孩為什麼有辦法在男性面前做出這種事？不是太匪夷所思了嗎？太沒有防備心了吧！話說回來，為什麼守護者的紋章在這種地方？完全搞不懂！」

「托、托爾……？」

托爾壞掉了……

我或許確實是有點不知羞恥啦，但對方是弗雷耶，除了他以外，在場的人只有托爾而已啊。

但托爾的表情好恐怖。

我被喜歡的人責罵，眼眶有點泛淚。

「噗哈，這個守護者小哥果然很有趣。帥哥你放心，組長這種程度的我還看不上眼啦。」

弗雷無奈地搖搖頭，托爾黑著一張臉拔出劍來。

「就算您是王子，我也不允許您侮辱小姐。我要砍了您。」

「喔，帥哥要打架嗎？我話說在前頭，我不太強耶，但你要是砍了我，大概會犯下反叛罪吧。」

「等、等等等等，你們兩個都住手！住手~~沒有時間了啦，得快點回王宮才行！」

男人與男人間不明的戰鬥一觸即發，我趕緊介入分開兩人。

就在此時。

身穿長袍的某個人，騎著飛馬飛過寒冬天空在此降落。來者立刻拿下長袍帽子，綁成馬尾的米色長髮隨風搖擺。

是吉爾伯特王子。

他結束公務後，立刻趕來了。

「你果然在這啊，弗雷。」

「……」

「迷惘時就傾聽這個大教堂的鐘聲，母親大人……總是這樣說啊。」

吉爾伯特王子似乎對這個地方心裡有底，手上拿著王后殿下的那個手拿鏡。

弗雷和吉爾伯特王子彼此凝視一段時間，正確來說是互相狠瞪。

特別是弗雷表情有點複雜，但他立刻嗤鼻一笑：

「我已經聽說了唷，吉爾伯特兄長大人。然後呢？你是不是有事情要對我說啊？我的臉差點就要留傷了耶～」

都到了這種時候，還挖苦地挑釁吉爾伯特王子。

只不過，吉爾伯特王子的表情雖然帶著焦急，還是緩緩低頭。

「打你的事，我真的覺得很抱歉。因為被說中心思，才會一時怒火攻心動手打你。」

真是嚇一跳！那個吉爾伯特王子竟然丟掉自尊，乖乖低頭對自己的行為道歉。

弗雷似乎也感到很意外，他嚇得不停眨眼。

「弗雷，正如你所說，我比起王子的責任，更以對愛理的忠誠心為優先。不對……這是我的任性，是無法有結果的愛戀。但我卻想要把身為王子的責任，把煩心的事情全推到你身上。」

雖然語氣平淡，但這些話彷彿說給他自己聽。

吉爾伯特王子拆開絹布，把手拿鏡遞給弗雷。

「你瞧不起我吧，那也沒關係。只不過，現在的我是迷途羔羊，完全搞不懂什麼重要？我想要成就什麼？我需要引導，需要母親大人的話。我想再見一次她與生前完全相同的樣子。弗雷，拜託你，請告訴我你的密碼。」

「……」

聽見吉爾伯特王子殷切的這段話，弗雷撩起頭髮，重重嘆了一口氣。

「該怎麼說呢，兄長大人真的很會說動人呢。」

接著認真面對自己同父異母的哥哥。

「死心眼、頑固、自尊心又高，但完全不找藉口，對自己相信的事情毫不懷疑。我現在還是不太喜歡這樣的你，因為我們正如同油和水，已經變成完全相反的存在了。」

握緊拳頭，弗雷再次開口。

「……『用力敲響鐘聲吧，直至足以震碎其身』。」

他說出口的是另外一個密碼。那確實被吉爾伯特王子手上的手拿鏡吸收，話語帶著光被寫進鏡子中。

「喂，吉爾伯特。你要感謝組長啊，因為組長給我看了好東西，這是那東西的報酬。」

「好東西？」

弗雷邊竊笑，用拇指指著自己心臟上方。吉爾伯特王子恍然大悟。

「啊……喂，弗雷！」

而我呢，則是臉紅到腦袋都要沸騰了。

不需要把這種事說出來。

「果然還是讓我砍了他。」

托爾還一臉認真拔劍，再次擺好架式想要砍五王子。

糟糕，這樣下去托爾會變成砍殺王子的反叛者！

『啪啪啪啪！恭喜你們！』

……？

就在此時，一個異常開朗的女性聲音響起。

看來是王后艾莉西亞大人出現在手拿鏡表面上，動起來開始說話了。

兩個密碼輸入後，打開鏡子訊息的鑰匙了。

『吉爾寶貝和弗雷，已經長大成人了嗎？還是優秀的年輕人？或者已經是一把年紀的大叔了呢？你們順利通過這個遊戲了呢～嗯嗯，好棒好棒～～真不愧是我的孩子～～厲害～超厲害。』

「……」

大家全嚇呆了。

優雅微笑的艾莉西亞大人，做出難以想像的超嗨言行，不僅如此，還在鏡子那頭高聲大笑。

咦？啊？嗯？等一下喔？

這和我對王后殿下的印象完全不同耶？

「啊啊！母親大人仍然開朗又詼諧呢。」

「彷彿盛夏的太陽……」

吉爾伯特王子和弗雷，看著會動會說話的王后艾莉西亞大人，很快已經浮現感動淚水，這也讓我嚇一大跳。

但對他們兩人而言，這個艾莉西亞大人，是相當理所當然，與昔日無異的母親大人吧。

我和托爾只能僵著，側眼交換眼神。

唔，嗯……這邊就先靜觀其變吧。

『嗯～～但你們打開這個訊息，就表示你們大吵一架了吧～～長大之後吵架就很難和好對吧？我拜託那個人，這種時候就把這個交給你們。媽媽立刻就能知道那種事情，因為我是王后，可別小看王后啊。』

好、好啦。王后殿下萬歲。

『但是，你們都還好好記得密碼呢。』

艾莉西亞大人的語氣突然變得溫柔、平靜。

『那就沒問題，你們都長成乖巧的好孩子了——所以絕對沒問題。』

艾莉西亞大人露出軟軟的成熟微笑，她的聲音，也轉變為充滿王后慈愛與威嚴的聲音。

大概，那正是每個人想像中的，這個國家的王后殿下。

她肯定完美地分別飾演理想的母親以及王后。

而她現在正以王后身分說話，對看著鏡子的人說話。

『吉爾伯特，你從小就很勇敢、死心眼、很努力，但稍微有點頑固。你很喜歡我常說給你聽的救世主傳說呢。但是啊，我知道你因為沒辦法和哥哥、弟弟一樣使用魔法而躲起來偷哭；也知道你常說就算救世主降臨，自己也不會被選為守護者。但是媽媽有預感，你現在是不是已經是守護者了呢？媽媽的直覺很準喔。你別忘記幼年時的憧憬以及覺悟。』

在鏡子那頭說話的她，彷彿正看著現在的吉爾伯特王子說話。明明是七年前留下的鏡子訊息耶。

『然後是弗雷，我死前肯定狠狠傷了你的心吧。你擁有非常多才華，溫柔認真，但是非常容易受傷，非常敏感。而且是個渴望母愛，怕寂寞的孩子。總是緊緊跟在我背後，怯怯向我撒嬌的樣子，讓我感到悲傷又覺得好可愛。所以得要保護你才行……為了不讓你被壞大人利用，我在你身上釘上巨大的十字架。』

艾莉西亞大人一度閉上眼睛，接著慢慢睜開。

『但是，從今天起，我說的話和做過的約定，全部結束了。』

啪——

她在鏡子那頭雙手合掌，彷彿解除催眠暗示的，解放的聲音。

『你們看這段訊息的時候，路斯奇亞王國變成怎樣了呢？』

現已逝世的王后，當時是想著什麼留下這段話呢？

從她憂鬱的表情，感覺她甚至已經預料到覆蓋現在世界的烏雲。

『接下來，不管世界變成怎樣，今後，你們要自己選擇自己的道路。即使背負著王子的身分，也要成為「理想中的自己」。』

艾莉西亞大人露出太陽般的燦笑。

『只要你們還活著，就要持續用力敲響鐘聲，直至足以震碎你們的身體。』

這個瞬間，迪莫大教堂宣告零點到來的鐘聲高聲響起。

彷彿王后親自敲響的命運鐘聲——

那肯定用力敲響吉爾伯特王子和弗雷的心，震撼兩人的靈魂。

王子們，靜靜流下淚水。

『那麼，這是最後的遊戲。有五位王子，該怎樣才能守護這個國家呢？你們兩個同心協力，解開遊戲吧——』

在毛茛花盛開的山丘上，

用力敲響鐘聲吧，直至足以震碎其身。

我之後才聽說，艾莉西亞大人出生的故鄉，在毛茛花盛開的山丘上有一個教堂。

艾莉西亞大人是很虔誠的梵斐爾教徒，常常造訪教會，邊聽鐘聲，邊對自己刻下總有一天要前往王都，以王后身分活下去的覺悟。她從出生起，就背負著遲早會成為路斯奇亞王國王后的宿命。

在有生之年，持續用力敲響鐘聲的王后殿下。

在她生命殞落的最後，都還掛念著這個國家與王子們。

我理解艾莉西亞大人受到許多人尊敬的理由了。

她總是努力讓自己身為王國的王后。

這當然會讓所有人覺得眩目，我很明白弗雷所說的「像太陽一樣的人」。

好偉大。所以拉拉王妃才會忌妒她吧。

就算是國王最愛的人，身為王妃也絕對無法贏過她。

「咦？」

突然，我感覺我和手拿鏡中的王后殿下對上眼了。

感覺她看了這邊。

我們彷彿正面面對面，視線彼此交錯一般……好奇怪的感覺。

不可能有這種事。

這個鏡子訊息本身，是七年前的紀錄，是鏡子中的影片。

但那視線確實捕捉了現在的我的存在，我覺得那就和被觀察的感覺很相似。

我對這種奇妙的感覺有印象。

那和以前被圖書館的館員盯著看時的感覺很相似……

「啊……」

原來是這樣，我突然領悟一件事。

這個手拿鏡，除了鏡子訊息的功能外，還被施加了特殊的精靈魔法。肯定有魔法師幫忙將艾莉西亞大人的樣貌以及話語留在這個手拿鏡中。

我心裡有底是哪位魔法師。

然後，我終於明白了，全部串起來了。

我一直相當在意。

關於這個魔法手拿鏡被丟在魔法垃圾棄置場的謎團。

在那之後。

我們深入調查手拿鏡後，發現不僅是王后艾莉西亞大人留下的訊息，還保存了當時的王子們沒有辦法處理的，大量遺物資訊。

而那也很有愛玩遊戲的艾莉西亞大人風格，附上手繪的地圖，以及王后殿下親口說出的提示。她的遺物、日記、國王送她的禮服與飾品等等的，就四處散落藏在王宮與離宮中。

吉爾伯特王子和弗雷，靠著留在手拿鏡中的資訊，彷彿尋寶遊戲一般，徹夜找出這些東西，但那肯定也是艾莉西亞大人策略的一環吧。

要兩個王子同心協力完成什麼。

而她肯定在天堂滿臉笑容看著這一幕吧。

我想，艾莉西亞大人肯定在等待。等待王子們大到不會被身邊人迷惑，可以用自己的腦袋判斷事物時，吉爾伯特王子確立他的立場，弗雷回到王宮的這個時候。

吉爾伯特王子和弗雷的關係，現在仍有點不太自在，老實說很難說他們已經和好了，但或許會以此為契機慢慢產生變化。時間或許會解決這一切。

至少，鐘聲已經敲響了。

剩下的，就看兩位王子怎麼做了。

隔天中午，我和弗雷終於得以回到盧內・路斯奇亞魔法學校。

走在學園島寧靜的沙灘上，朝平時常待的玻璃瓶工房前進。

雖然徹夜陪著一起玩王后艾莉西亞大人的尋寶遊戲，不知為何，我不怎麼睏。

「弗雷，你接下來要怎麼辦？」

「誰知道，我也還不清楚。只是……理想中的自己啊。」

走在身邊的弗雷，一臉認真表情瞇起眼睛。

弗雷確實把艾莉西亞大人的話聽進去了

「感覺了解艾莉西亞大人的想法了，我大概沒辦法逃離身為王子的命運吧。但是我絕對不想立刻回王宮，也還沒辦法想像結婚，也不想要休學。」

「喔，真意外，你不想要休學啊。」

「啥？這是當然的吧，小組課題好不容易順利做出結果來了耶……」

說到這邊，弗雷「啊」了一聲，有點害臊地紅了雙頰。

邊把自己的手擺到頸後，嘴裡邊咕噥的弗雷，有點好笑。

「呵呵，很好啊，如果學校對你來說很重要，那不是很好嗎？」

那裡，或許就隱藏著弗雷王子的「理想中的自己」。

或許他能在魔法學校生活的最後，發現只有他才能辦到的事情……

而且，我覺得弗雷繼續念魔法學校，應該沒有什麼問題。

設計了這件事的那位「人物」，肯定會允許他。

「話說回來，那個……」

「？」

弗雷搔著後腦杓。

「組長，謝謝妳啦。麻煩妳很多。」

雖然害臊，但他還是坦率地向我道謝。

這或許是我第一次聽見弗雷對我說出感謝之語呢。

所以我咧嘴一笑，邊撥開頭髮，心情極佳地說：

「不用謝，反正照顧你對我來說家常便飯了。」

雖然之後，因為徹夜未眠加上昨晚沒吃晚餐，肚子大聲地「咕嚕」叫讓我完全耍帥不起來了。

「啊，弗雷，瑪琪雅，歡迎回來。」

「弗雷同學歡迎你回來，瑪琪雅也辛苦了。」

「……」

一回到玻璃瓶工房，尼洛和勒碧絲彷彿理所當然地在這裡，理所當然地對我們說「歡迎回來」。

弗雷嘴巴半開地呆站在原地，我拍拍他微駝的背。

「哎呀，弗雷別擔心啦。如果當個王子太痛苦了，就找石榴石第九小組的大家商量吧。就算你沒有後盾，你也還有優秀的朋友們。尼洛、勒碧絲，當然還有我。儘管依賴我們沒有關係！」

弗雷一臉認真看著我，接著又看了在工作室裡的大家後，很刻意地嗤鼻一笑：

「嗯，確實如此。有總比沒有好啦～」

說出口的話一點也不可愛，但他一臉開心。這一面就是讓人無法討厭他的理由啊。

弗雷確實回到這裡來了，太好了。

我們果然還是得四個人到齊才可以，這就是我最珍貴的石榴石第九小組。

「那個，尤利西斯老師！」

在學校走廊碰見尤利西斯老師，我開口喊住他。

尤利西斯老師轉過頭，對我露出一如往常的溫柔笑容。

「啊啊，瑪琪雅小姐。前幾天謝謝妳，妳似乎幫忙讓吉爾伯特和弗雷和好了。」

「我幾乎沒有做到什麼，只是知道了王后殿下是一位非常偉大的人物而已。」

「原來如此，說的沒錯，艾莉西亞大人確實是位偉大的王后殿下。和出身自王宮魔法院的我的母親感情也很好，也總是很關心我……她是一位開朗且聰慧的人。」

尤利西斯老師大概回想起已逝的王后吧，露出些許懷念表情。

「那個，老師。」

我抬頭看尤利西斯老師，問了他一個問題：

「把王后艾莉西亞大人的手拿鏡放在那個魔法垃圾棄置場的人，是尤利西斯老師對吧。」

「……」

尤利西斯老師突然變了臉色。

從他一如往常的柔軟笑容中，感到一股刺痛人的東西。

「妳為什麼會這麼想？」

「我一直充滿疑問，為什麼那個手拿鏡會出現在那種地方。而且艾莉西亞大人的鏡子訊息中也有句話讓我很在意。」

長大之後吵架就很難和好對吧？

我拜託那個人，這種時候就把這個交給你們。

「我聽說那個手拿鏡在艾莉西亞大人過世之後失蹤，但我認為，實際上是艾莉西亞大人把鏡子託付給某個人了。能讓艾莉西亞大人如此信賴，而且能做到這件事的人，我想該不會就是尤利西斯老師吧。」

身為王后，還養育弗雷長大的艾莉西亞大人，這樣的人物不可能和其他王子沒有任何交流。

而且，尤利西斯老師打一開始就對我說那兩個人吵架的事情。

身處能察覺王子們吵架徵兆的立場，同時能讓我採取行動的人。

符合這些條件的，除了尤利西斯老師外不作第二人想。

而且……

「那個手拿鏡上有特殊的精靈魔法，我想，那大概是尤利西斯老師的棉花精靈利耶拉柯頓的魔法。」

我曾在圖書館見過一次，所以才能發現。

那個以圖書館員的樣貌守護盧內・路斯奇亞圖書館的，棉花精靈的氣息。

「呵呵，正確答案。我和艾莉西亞大人是共犯，把那個手拿鏡放在魔法垃圾棄置場的人就是我。」

尤利西斯老師大方承認。

「那時吉爾伯特正好要對弗雷說那檔婚事，我想，啊啊，這應該會爆發艾莉西亞大人最擔心的嚴重爭執吧。但真有妳的呢，瑪琪雅小姐。妳竟然能發現是我。」

雖然老師誇讚我，但我想我應該仍滿臉問號吧。

「真虧妳發現我的精靈利耶拉柯頓也在其中湊了一腳，棉花精靈利耶拉柯頓有守護編織起的歷史與紀錄的力量。因為不能讓艾莉西亞大人的鏡子訊息出現損壞之類的萬一啊。」

「啊，原來如此，所以她才會負責守護儲藏重要紀錄的『圖書館』啊。」

「就是這樣。」

尤利西斯老師的說明讓我想通許多事情。

但是，還是有想不通的事。

為什麼尤利西斯老師要拐那麼多個彎呢？

「為什麼不直接把手拿鏡交給吉爾伯特王子和弗雷，而是把它放在魔法垃圾棄置場呢？我們也可能沒發現，而且石榴石第三小組也在那邊。」

手拿鏡中留下許多資訊，就算需要密碼，要是被別人發現，也有遭到惡用的十足可能性。

但尤利西斯老師瞇起眼睛，用給人留下深刻印象的聲音說：

「不，我想只有妳能操控魔法的絲線找到它。」

這句話說明了一切。

尤利西斯老師同時也利用手拿鏡玩了一場測試我能力的遊戲。

「此外，瑪琪雅小姐。雖然力量微弱，但艾莉西亞大人有預知未來的能力，妳注意到這點了嗎？」

「預知未來嗎？」

我搖搖頭，雖然我記得曾聽說預知未來是只有女性才會擁有的能力，但這相當罕見。我完全沒發現艾莉西亞大人有這項能力。

「艾莉西亞大人的能力，精準度遠遠不及聖地的『綠之巫女』，只是直覺很準，或是有預感這類的東西而已。但因為這項能力，她知道自己生病後的結局，弗雷的發展以及路斯奇亞王國的未來。」

「……」

所以才想要讓弗雷活下去？

「而艾莉西亞大人預知未來的媒介，也正是那面手拿鏡。瑪琪雅小姐，妳這次接觸了『鏡子』這個魔法的原始道具。」

「鏡子……」

「鏡子是魔法世界的『門』，只要打開門，不只現在，也能去見過去及未來的人，有時也能與其他地方相連結。『門扉彼端的魔法師』也在那裡。」

——門扉彼端的魔法師。

我記得在古老民謠歌詞中，曾經出現這句話。

尤利西斯老師是想告訴我什麼呢？

該不會是想透過與王后手拿鏡有關的這件事，讓我發現什麼事情吧？

「那麼，瑪琪雅小姐，我接下來還有課，先告辭了。」

但尤利西斯老師最終沒有告訴我答案。

給我自己思考的時間。很溫柔也很嚴厲，正是教師的典範。

幕後　尤利西斯，這裡是美麗也病態的理想國。

我名為尤里・尤利西斯・勒・路斯奇亞。

是路斯奇亞王國的二王子。

在自己房間脫下魔法師長袍，坐在喜愛的椅子上，我邊啜飲溫熱香草茶，邊翻動書本頁面。

那是過去的我所寫的手札。

「咕，殿下人也真壞心。」

站在我肩上的貓頭鷹精靈幻特羅姆突然說出這句話。

我只移動視線看幻特羅姆。

「幻特羅姆，你是指什麼呢？」

「您沒有把最重要的事情告訴瑪琪雅小姐，咕。」

「是啊，但那是我和艾莉西亞大人的約定。」

——七年前。

王后艾莉西亞大人在病情惡化前找我，告訴我一件事。

非常重要的，未來的事。

「未來，要成為這個路斯奇亞王國國王的人，是弗雷啊……」

我低聲細語。

我不知道艾莉西亞大人這個未來預知會不會成真。但是，為了這個她所看見的未來的可能性，我們用盡手段也得讓弗雷活下去。

艾莉西亞大人真的是一位偉大的王后殿下。

成為國王的是五王子弗雷，也表示其他王子有無法成為國王的苦衷，甚至可能是因為死亡。

一般來說，身為三王子的母親應該無法冷靜以對吧。

但她為了路斯奇亞王國的未來，最優先思考讓弗雷活下去的方法。

最為確實讓年幼的弗雷活下去的方法，就是暫時封印他身為王子的權限，讓他離開王宮，不讓他做任何事情。

這是為了讓周遭的人認為，他是個無能的王子。

「艾莉西亞大人只對我說了她看見的未來。因為她認為，只有我會相信她說的話。她的直覺相當敏銳，或許也知道我的真實身分了……」

那麼，在此需要再次確認一件事。

我這個存在，到底是何許人物。

沒錯。我從小，就有前世的記憶。

有五百年前，確立這世界精靈魔法的「白之賢者」的記憶。

成為大魔法師者的靈魂，會依循某個法則不停輪迴的世界——就是這個梅蒂亞。

想起前世的記憶進而覺醒，似乎在我們之間稱為「歸來」。

○

我在我五歲時「歸來」。

父親即位為國王時，我也一起被帶往聖地的梵斐爾教國，就在我站在掌管這世界萬物的世界樹梵比羅弗斯面前時。

從貫穿天際，壓倒性巨大的大樹根部抬頭往上看時，我出現一種感覺。

——我曾經來過這裡。

身體裡冒出「喀」的聲音，那是記憶開關被按下的聲音。

沒錯，不管我願不願意，我全部想起來了。

回想起遙遠過往，我被喚作「白之賢者」時的樣貌。

白之賢者，精靈魔法界的偉大大賢者。

五百年前的三大魔法師之一。

是這世界最知名的救世主「托涅利寇的勇者」的師傅。

以及……也是當時「綠之巫女」的丈夫。

我想起來了。

全部都想起來了！

那一刻，我的人格完全被前世的「白之賢者」覆蓋。

在那之前，我還是個與年齡相符，調皮、任性、完全沒定性的五歲小孩。

但在那之後，我彷彿被領悟人生的老人附身一般。

成為一個喜歡閱讀、香草茶和一點砂糖點心，帶著成熟表情的小孩。

身邊的人肯定相當困惑不解吧。某種意義上來說，可愛孩子的我已經死了。

只有梵斐爾教國那個和我同齡，一頭灰髮的小孩，非常清楚我的這種現象，將來已經確定會成為大主教，名為耶司嘉的小孩。

他用粗暴的口吻告訴我：

「原來如此，你就是十人之一啊。哎呀，到下一次死亡之前，努力達成你的使命吧。接著再次為這個世界去死吧。」

那時的我，聽不太懂耶司嘉這位男孩這段話的意義。

即使我擁有「白之賢者」的記憶仍然不懂。

也不明白「十」這個數字對梅蒂亞代表什麼意義。

我回想起前世記憶後，立刻用路斯奇亞王宮裡的召喚魔法陣將白之賢者時代與我締結契約的精靈們召喚回來。他們是我重要的朋友。

年僅五歲，已召喚出三個大精靈，以及其他十二個精靈。

這是除了守護盧內・路斯奇亞魔法學校的精靈們以外，白之賢者役使的所有精靈。

王宮所有人大為驚慌。

說我是神童，說我是白之賢者再世。

說二王子尤利西斯殿下，是大魔法師的人才。

話說起來，就連召喚出一個大精靈都極為罕見了，不只一口氣召喚出這麼多精靈並役使，還精神百倍根本不當一回事，這才真的是異常現象。

這也是當然，擁有白之賢者時代的魔力，召喚出當時締結契約的精靈，回想起所有領會的魔法，那已經不是神童等級了。

簡單來說就是作弊。

本來該靠努力才能領會的東西，年僅五歲的孩子只是想起前世記憶，就完全掌握了。

只不過多虧如此，我的生命中再也沒有「生命危機」這幾個字。

現在路斯奇亞王宮內部已經安穩下來了，但王子們尚且年幼時，與本人、國王及王妃們的意志無關，大人們充滿私利私欲的派系鬥爭與權力鬥爭，也把王子們捲入其中。

我也因為身為二王子，多次差點遭到暗殺，但對想起前世記憶的我來說，毒殺、絞殺、刺殺與射殺全都虛無地毫無意義。

毒藥對我沒有用，受傷後也會自行啟動治癒魔法。

而且說起來，我根本不讓人看見破綻，操控人心對我來說易如反掌。

就算遭受遠距離攻擊，複數的精靈會透過各種形式來保護我。

絕對不會死的王子，就這層意義上來說，我似乎被當成離王位最近的王子，所以隨著梵斐爾教國新的「緣之巫女」誕生找上我談婚事，我立刻應允這個婚事，早早脫離王位之爭。

是啊，大家放心吧，我對王位沒有興趣。

我的興趣、執著，在不同次元上。

「我都轉世重生了，那兩個人肯定也在這世界的某個角落。他們應該和我一樣轉世重生了……」

在我回想起記憶的同時，我也祈禱。

在現代的梅蒂亞，與「白之賢者」同等談論的「黑之魔王」和「紅之魔女」。

五百年前的大魔法師們。

祈禱能再次與那兩人相遇。

歷史上記載著我們三個大魔法師互相仇視、互相競爭，彼此水火不容。

但我記得很清楚，我們絕非那樣的關係。

結果，擁有如此強大力量的存在，注定走上無法獲得他人理解的孤獨道路命運。我、他和她都是相同。

但是，當我們遇見可以站在同一個擂台上，擁有足以互相競爭力量的存在時，我們無法不認為彼此的相遇是個奇蹟，無法不感謝。

我們想要確切知道這份力量的極限，所以彼此競爭。

在競爭中，知道彼此的深度，接觸內在，彼此加以精進自己的魔法。

那絕對不是彼此憎恨的存在。

我們彼此理解。理解彼此的孤獨、痛楚以及痛苦。

到最後，能夠彼此互相理解的，只有我們而已。

沒錯，在五百年前，來自異世界的「救世主」出現之前——

○

「……哎呀，還真難得見您來到我的房間呢。」

在我沉浸於記憶中時，甜蜜香氣竄過鼻尖讓我抬起頭。

不知何時，黑紫色的蝶群在我房中翩翩飛舞。

蝴蝶帶著光芒無數四散後，再次集結成一點創造出人形出現在我面前。

那是福萊吉爾皇國的女王陛下夏特瑪大人。身上穿的不是平常正經八百的軍裝，怎麼看都是睡前寬鬆的睡衣打扮。

她用琥珀色的眼睛低頭俯視坐在椅子上的我，邊拿出西洋棋盤，咧嘴露出天真笑容。

「卡農出門了，沒有人陪，你就陪小女子玩玩吧。」

平常明明那般充滿存在感與威嚴，只有現在會說這種孩子氣的話。

看來這不是女王模式，而是公主模式的她啊。

只有這種時候不能喊女王，得喊公主，要不然她會生氣。她是位清楚區分不同模式的人。

「可以啊，公主看起來也相當無聊，因為最近沒發生什麼大事。」

我請公主在對面沙發坐下，用飄浮魔法搬來新的茶杯組，替她泡香草茶。

坐在沙發上的公主臉頰上，有隻小瓢蟲爬在上面。

肯定是精靈。另外還感覺到蜜蜂、蛾和甲蟲精靈的氣息。

她是位昆蟲纏身的公主。

「無聊也挺不賴的，在皇國的本體可是連睡覺時間也沒有，在這裡的平穩日常是小女子的精神綠洲。更重要的是，路斯奇亞王國有豐富的香甜水果和茶點呢。」

「那麼，我拿些甜點來吧。」

「麻煩你了，我想要加蜂蜜的桃酒。蝴蝶是吸花蜜而活的嘛。」

「當然好，完全遵照藤姬大人的指示。」

我以人形重新召喚原本在我肩上的貓頭鷹精靈幻特羅姆，他化為我的管家，前去替夏特瑪大人準備宵夜。

而夏特瑪大人呢，則是抱著放在沙發上的抱枕，瞪著眼前的棋盤看。

「話說回來，尤利西斯，你的打算已經全盤準備好了嗎？」

「哎呀，是指什麼事情呢？」

「還裝傻，你也真壞呢。」

接著，彼此呵呵輕笑。

福萊吉爾的年輕女王，夏特瑪・米蕾雅・福萊吉爾。

年僅十八歲已經背負起泱泱大國的命運。

但她對背負國家絕對沒有一絲不知所措與迷惘。

因為她也是和我「同等」的存在。

雖然與白之賢者活在不同時代，她是三百年前的大魔法師「藤姬」的轉世。她早已拿回記憶，天生具備身為公主的美貌與品性，身為一國之王的資質以及統治國家的經驗。最重要的是，她那名留青史的領袖性仍然健在，深受民眾信賴。

福萊吉爾皇國的幸運，應該就是在這個時代，由她負責治世一事吧。

但在那個皇國中，現在仍有不滿小女孩奪走王位，仍對王位虎視眈眈的傢伙……

「公主！夏特瑪公主大人！」

難得和公主開心下棋，有個吵死人的傢伙來了。

從我房間的露臺大大方方非法闖入的人，就是梵斐爾教國的大主教，耶司嘉主教閣下。這裡可是王宮的頂樓耶。

胡亂擺動白色清廉的主教袍，他走到夏特瑪公主面前，對坐在沙發上的她單膝跪地，跟個囉嗦老爺子一樣提醒：

「您怎麼可以用這般毫無防備的打扮來找這個心機男啊！而且還如此放鬆地懶散坐著！」

「別囉哩叭唆的啦，主教大人。小女子晚上不吃甜食不喝甜酒就睡不好。」

「公主！那種小東西讓我或那傢伙來準備就好了！」

「不要不要～主教大人準備的點心都樸素又乏味嘛～」

「……」

耶司嘉主教轉過來看著我，用火山爆發前的表情朝我伸出手指。

「都是你的錯，你這個心機混帳王子！你不只讓聖地的巫女大人等你那麼久，還在三更半夜與藤姬大人密會，你好大膽子！」

「你到底認為我是怎樣的人啊？我和公主只是在下西洋棋而已。」

雖然耶司嘉主教口出惡言，我姑且還是替他泡了香草茶。

耶司嘉主教閣下，耶司嘉似乎是教名，我不知道他的本名。他也和我與夏特瑪大人相同，是擁有前世記憶的轉生者。

別看他這樣，他可是三百年前被稱為「聖灰大主教」，在聖地創建梵斐爾教國的偉人。

另外，「聖灰大主教」和「藤姬」是活在相同時代的大魔法師。

聖人中的聖人。

他們當時攜手共度國難，轉生後的現在，彼此之間仍有牢固的信賴關係。更正確來說，現在仍承襲當時彷如祖父與孫女般的關係。

據夏特瑪大人表示，三百年前的耶司嘉主教的個性更加聖人君子、溫和且仁德高尚，到底是怎麼了，才會變成現在這個粗暴且莫名其妙的耶司嘉主教呢？完全是個謎。是在哪個環節掉螺絲了嗎？

「然後咧，心機混帳王子啊，那兩個傢伙啥時要歸來？目前完全看不見徵兆耶。」

耶司嘉主教一把在空椅子上坐下，一口氣喝完香草茶後問我。

「托爾・比格列茲，還有瑪琪雅・歐蒂列爾，如果真如你所說，他們兩個就是『黑』和『紅』，那也差不多就算猛打他們頭一頓，也要讓他們歸來了。」

「別這樣，這和喪失記憶狀況不同。」

但是……

沒錯。

我已經確定了。

雖然他們兩人完全沒有自覺，但我不可能錯看他們。

第一眼看見的那個印象，魔力的氣味，最重要的是那雙眼，完全相同。

只有個性會受到養育環境大幅影響，與過去不甚相同，即使如此，偶爾還是會看見過去的影子。

那個「黑之魔王」與「紅之魔女」的影子……

「我也沒有預料到……但那兩人似乎經歷了比我們更加複雜的轉世，他們的靈魂似乎曾一度前往異世界。他們和我們不同，遲遲無法恢復記憶的理由或許就在這。」

夏特瑪大人和耶司嘉主教突然變了眼神，魔力緊繃起來。

「喔，曾過到異世界？」

「嘖，回收者那傢伙，還真是做了件麻煩的事啊。」

哎呀，就連近在那男人身邊的這兩位，似乎都不知道這件事。

聽完瑪琪雅小姐所說的話之後，我靈光一閃。她是刻意被送到異世界之後，才又再度轉世到這個梅蒂亞來，絕對沒錯。

那個世界，也就是被這個梅蒂亞召喚前來的救世主原本居住的「地球」，那位金髮男子刻意如此做的理由，又在哪呢……

這個世界是梅蒂亞。

被許多法則束縛，美麗又病態的理想國。

原則上，由擁有前世記憶的大魔法師們，利用其記憶與超規格的能力，推進歷史指針的世界。

當指針想要急速前進時，就會從異世界召喚救世主前來。救世主傳說，其實不過只是世界為了保護世界的一個自淨作用。

而現在，歷史的指針正要往前大幅跨進。

雖然不清楚正式戰爭會在幾年後開打，但那是無可避免的未來。

接下來這場戰爭最令人畏懼的點，就是無關乎國家狀況，在名為梅蒂亞的棋盤上，被分配於各個國家的大魔法師轉世，和他們所看上的棋子爭奪世界霸權的「遊戲」。

雖然和福萊吉爾皇國互為友邦同盟關係，對路斯奇亞王國來說，為了避免蒙受莫大損害，絕對需要托爾與瑪琪亞小姐「歸來」。

「皇國的兩位殿下，請別擔心，路斯奇亞王國的『棋子』已經到齊了。」

而我，挪動正在與夏特瑪公主對弈的西洋棋棋子，將死。

「我絕對會讓那兩個人回想起一切。」

我無論如何都想讓那兩個人歸來，那也有著類似願望的理由。

所以我絕對不會放棄，讓我們再度相遇的機會。

第八話　宵夜和展示會，以及第一場雪

生活魔法道具競賽的作品繳交期限迫在眉睫。

我們石榴石第九小組，正每天窩在玻璃瓶工房待到三更半夜，製作魔法暖氣機當中。

我們製作的魔法暖氣機，分為可以貼在桌子底下的薄平板型，以及可以大範圍吹送暖風的立體方塊型兩種。薄平板型是我想出來的，我想，要是可以貼在桌子底下使用，每天都得利用桌子吃飯、念書、工作的時間應該就能過得更加舒適吧。

這正是從前世使用的「暖爐桌」延伸出來的想法，且是路斯奇亞王國沒有的東西。啊啊，暖爐桌和橘子，好懷念喔……

咚咚、鏘鏘。

製作物品的聲音在玻璃瓶工房內響起。

利用從魔法垃圾棄置場中撿回來的廢物製作外殼的工作幾乎完成了，現在尼洛正在做最後的調整。魔法暖氣機主要利用【火】和【風】的魔法，這得將一千兩百六十五個魔法式寫在特殊的薄魔法金屬盤上，接著將金屬盤放進機器中才行。

現在正不停重複糾錯修正、糾錯修正的步驟。

「瑪琪雅，把這個戴在妳的脖子上。」

「咦？這什麼？」

在這之中，尼洛拿了神祕的項圈想替我戴上。

「我想要借用妳【火】之寵兒的力量，把頭髮撩起來。」

「啊，好。」

看來似乎得要補充【火】屬性的魔力到魔導式電池中，但比起專用的魔力埠，直接放在我身上，儲存【火】魔力的速度似乎更快。當我充電器啊！

「啊～我受夠了！肚子餓了！給我東西吃～～」

弗雷在另一邊鬼吼鬼叫。

「吵死人了，請認真書寫魔法式啦，弗雷同學。」

「不要不要，我沒了專注力之後就很容易失敗啦，我想要休息一下～」

「沒什麼比一個大男人耍脾氣還要難看了……」

看見弗雷在面前耍任性，這讓勒碧絲無比煩躁。

但確實是從一大早工作到現在，根本沒有好好休息，大家都很疲倦了。光是書寫魔法式也會消耗魔力，差不多該吃點東西恢復魔力比較好。

「那麼，我邊補充魔力邊準備宵夜好了！要吃什麼？我覺得飯糰之類的不錯耶……」

「義大利麵、義大利麵、義大利麵！」

「水煮蛋，我記得應該剛好有泡在鹽水中的。」

「我想要喝熱的桑格麗亞，有加鹽蘋果的。」

「……」

很遺憾，想吃飯糰的只有我一個。

於是乎，我為了盡量滿足大家的願望，前往地下室的廚房。

最近常得窩在工作室裡，所以尼洛把這裡的冰箱改良得更加好用，我們也準備各種食材。

大家因為飢餓與疲倦，已經開始說些不著邊際的話，或是做出怪異舉止，所以做些可以讓大家撐過難關，補充體力的宵夜比較好。

弗雷想吃的義大利麵，果然還是做加入滿滿大蒜的橄欖油香蒜義大利麵？

還是要做米拉德利多最具代表性的義大利麵，培根蛋麵呢？

「對了……拿坡里義大利麵如何啊？我記得有培根和番茄醬！」

突然回想起那個世界的義大利麵。

自從轉世到這個世界後，我就沒有吃過拿坡里義大利麵。或許是這世界沒有的義大利麵料理，也可能只是我尚未看過而已。

不對，話說回來，拿坡里義大利麵似乎是日本獨創的義大利麵料理吧？

哎呀算了，也能吃到蔬菜，就做拿坡里義大利麵吧。

再來就是尼洛想要的水煮蛋，和勒碧絲想喝的熱桑格麗亞和……

「欸，瑪琪雅。」

尼洛走下來廚房。

「怎麼啦？如果等不及宵夜的話，那邊有起司麵包喔。」

「不，不是。」

尼洛抱著什麼東西。

帶著圓潤的箱型外觀，這是什麼啊。

「妳之前不是說過想要可以煮飯的魔法道具嗎？我以妳畫出來的意象圖為基礎，用從魔法垃圾棄置場找來的廢物，試著做了這個。」

「什麼！尼洛為了我做的嗎？」

尼洛就像「只是一點小東西」的感覺，迅速把箱型炊飯鍋遞給我。

雖然和那世界的形狀與規格都不同，但打開蓋子，裡面有鐵製內鍋，確實是很像炊飯鍋的魔法道具。

咦？咦？？這是怎麼一回事？

他是可媲美未來貓型機器人的尼洛A夢嗎？

「尼、尼洛A夢〜〜〜」

「？」

我太高興了，邊大哭邊用力擁抱尼洛。

尼洛雖然一臉痛苦，還是努力忍耐。

「如果感覺可以用，妳就是用看看，我想應該還有改良的餘地。」

「嗯，嗯！我絕對會用！」

我立刻向尼洛學用法，洗米，倒水，按下炊飯鍋的開關。再來就只要稍待片刻……

是和我畫出的意象圖一模一樣的炊飯鍋。但尼洛明明還有小組課題，竟然趁著空檔時間做這個，他該不會真的沒睡覺吧？

「尼洛，你有好好睡覺嗎？要不要小睡一下？我幫你把工作室的沙發鋪成好睡的床鋪。」

「別擔心，我是不太需要睡眠的體質。」

他本人無所謂地回去繼續工作了……

那只能做個補充精力的宵夜給他吃了，還有在那之後，就算勉強他也要讓他多少睡一下，就這麼做。

在等白飯煮好的時間內，我開始準備其他宵夜。

水煮蛋今天早上就準備好了，把早上剛撿的蛋水煮後，連殼浸泡在濃鹽水中。

這是我們第九小組現在最喜歡的點心，剝殼後，水煮蛋的鹹淡恰到好處非常好吃。

特別是鹽巴是從我老家送來的鹽之森的鹽巴，用這個鹽巴浸泡，就能完成口感溫潤且綿密的水煮蛋。

「……試吃一個看看吧，我才不是肚子餓了，是試味道、試味道。」

邊自言自語消除罪惡感，我先剝了一顆水煮蛋的殼，無謂地左顧右盼之後大口咬下。

嗯！鹹淡恰到好處。煮蛋時刻意調整成留下半熟的感覺後才泡進鹽水裡，所以蛋黃滑嫩非常好吃。

蛋在魔法世界中也被譽為完全營養食品。營養均衡豐富，魔質量也多，魔法師似乎還分成馬鈴薯派和蛋派。我們組員大家也都喜歡吃。

「接下來是熱桑格麗亞。我記得有還沒開封的葡萄汁。」

那是在秋季收成後製作的好喝葡萄汁。

葡萄酒是路斯奇亞王國的一大產業，但葡萄汁也不輸。我們還是學生，所以喝無酒精的葡萄汁。

接著要使用各種水果，無花果乾、蔓越莓果乾、葡萄乾以及新鮮的鹽蘋果，這邊就切成大塊吧。

把葡萄汁倒進鍋中，接著把剛剛的水果和蜂蜜、肉桂條這些一起放下去燉煮，就完成美味的熱桑格麗亞了。

我先拿湯勺試喝一口。

嗯~又甜又爽口，肉桂香發揮作用，身體暖起來了。

也加了鹽蘋果，可以感覺魔力經過調節，腦袋和身體都輕盈起來了。

再喝一杓……

「瑪琪雅，需要幫什麼忙嗎？」

「！」

被靜悄悄出現的勒碧絲嚇到，我差點把熱桑格麗亞噴出口。

不對不對，我只是試味道而已，絕對不是偷喝啊！

「瑪琪雅怎麼了嗎？弗雷同學一直吵著快點快點。」

「原、原來是這樣，那傢伙肚子一餓就會變成超級任性王子嘛。」

所以說，我請勒碧絲把熱桑格麗亞倒進組員人數份的玻璃馬克杯中，連水煮蛋一起拿去工作室。

在其他料理做好之前，大家先用這個充飢一下啦……

就在此時，通知我飯煮好的「嗶」一聲響起。

「喔喔……好厲害喔，才十分鐘就煮好了耶。」

打開鍋蓋，看見炊煮得飽滿有光澤的白米飯。

勒碧絲手上拿裝有水煮蛋的碗，也跑過來看一下。

「哎呀，這是尼洛同學做的那個炊飯鍋嗎？」

「咦？勒碧絲也知道啊？」

「是的，他稍微問了我一點建議。」

沒想到不只尼洛，連勒碧絲也幫忙製作這個炊飯鍋啊！

這是編入【火】與【水】的魔法式之後製作而成，比用鍋子更快煮好飯的魔法炊飯鍋。

真不愧是魔法道具，該不會比那邊世界的電子炊飯鍋更快煮好飯吧……

「話說回來，要怎麼吃這個飯呢？」

沒錯，我是指調味該怎麼辦。

之前曾做醃漬杏桃的酸梅飯糰給組員們吃，但完全不受好評。那是大家不熟悉的味道，總之就是很酸。

想要做成能讓他們更容易入口的飯糰，就要用大家熟悉的餡料。

「嗯，答案就是……美乃滋鮪魚！」

我記得以前在電視上看過，最受外國人歡迎的超商飯糰是美乃滋鮪魚口味。雖然不知道是真是假，鮪魚罐頭是路斯奇亞王國常見的食物，大家也都很喜歡美乃滋調味。

等待米飯蒸透時，我打開鮪魚罐頭倒掉油水，和美乃滋與一點胡椒鹽攪拌，做成美乃滋鮪魚醬。

其實有海苔會更好，但不管我怎麼找就是找不到海苔。我也問了從東國來的行商人，據說海苔在米拉德利多幾乎賣不出去根本做不成生意，他們就沒帶來賣了。

我也想著原來如此，舉例來說，那邊的世界也有像加州壽司卷這類國外發明的壽司，那個最大的特徵就是把海苔捲在醋飯內側。聽說是因為外國人對海苔不熟悉，所以才會藏在裡面。就像這樣，海苔也不受路斯奇亞人歡迎吧。

我邊自問自答邊捏美乃滋鮪魚口味的飯糰。

因為沒有海苔，外表就只是白色飯糰。弗雷肯定又會露出看怪東西的視線吧，走著瞧吧，我就等你吃一口後嚇得半死。

「好，飯糰也捏好了。最後煮拿坡里義大利麵吧。」

最後就迅速煮個拿坡里義大利麵。

邊煮義大利麵，我邊切洋蔥、蘑菇和培根，接著用奶油拌炒，加入蒜泥、一點砂糖和番茄醬後攪拌均勻，接著把煮好的義大利麵丟進去均勻拌炒。我選用口感Q彈的粗麵，麵體染上漂亮的番茄醬色。

「啊啊～好香喔。」

接著，豪邁地裝在大盤子上，完成。

拿坡里義大利麵香氣足、賣相佳，花俏豔紅誘人食欲。因為沒有綠色蔬菜，我撒上乾燥香芹，就完成了。依喜好撒上起司粉也很好吃喔。

於是乎，我端著美乃滋鮪魚飯糰和拿坡里義大利麵，到組員們所在的工作室去。

組員們已經吃完調味水煮蛋了，看起來似乎還不滿足，滿心期待追加的料理。

「這個義大利麵是怎麼一回事啊啊啊！」

「什麼怎麼一回事，就是拿坡里義大利麵啊？」

「沒聽過也沒看過啦！」

超喜歡義大利麵的弗雷，用看邪門歪道之物的眼神看著番茄醬炒出來的義大利麵。

這裡果然沒有類似拿坡里義大利麵的料理。

「哎呀，別這樣說，你吃吃看嘛。」

就當被騙，快吃快吃……

我手腳俐落地替大家分盤。

不只是弗雷，勒碧絲和尼洛都沒聽過也沒看過拿坡里義大利麵這樣的料理。

「而且話說回來，拿番茄醬去炒義大利麵根本無法原諒……嗯？咦……意外好吃耶。」

「看吧。」

滿嘴抱怨個沒停的弗雷。

吃了一口後露出不可思議的表情，逐漸變成拿坡里義大利麵的俘虜，越吃越快，大口大口吞。

這確實不是米拉德利多風味的義大利麵，或許是邪門歪道吧，但好吃的東西就是好吃。話說回來，成功煮得好吃真是太好了。

「這是德里亞領地的傳統料理嗎？還是紅之魔女留下來的食譜啊？」

勒碧絲也感到很不可思議地吃著拿坡里義大利麵。

「咦？不，這個是……那個——」

明明是自己煮的東西，卻語無倫次的我。要說是我原創的，感覺會很對不起地球日本開發出拿坡里義大利麵的那個偉大人物。

「這個米飯料理，是瑪琪雅之前也做過的飯糰嗎？」

另一方面，尼洛非常好奇地看著飯糰，大概也因為這是用他製作的炊飯鍋煮出來的吧。

「是飯糰沒有錯，但和之前的餡料不同，是美乃滋鮪魚飯糰。還有啊，尼洛，那個炊飯鍋一下就煮好了，很棒呢，真的很謝謝你。」

「……嗯。」

接著大家一起咬下美乃滋鮪魚飯糰。

曾經被杏桃酸梅飯糰酸到的他們，戒慎恐懼地送進嘴巴，但才咬下美乃滋鮪魚飯糰一口，大家立刻露出燦爛表情。

「如何？好吃吧？」

「這好好吃！」

大家一致點頭，我露骨地握拳擺出勝利姿勢。

飯糰成功雪恥，挽回飯糰的名譽了！

「美乃滋鮪魚飯糰口味溫潤濃郁，是罪孽深重的味道。第一個想出來的人是天才。我最喜歡的飯糰內餡，其實就是美乃滋鮪魚呢～」

「我從以前就很好奇，瑪琪雅到底是在哪裡吃過白米飯啊？」

「咦？」

「確實是，妳對白米飯特別執著耶。」

時至此時，勒碧絲和尼洛好奇起我對米飯的執著來自何方。

身為土生土長的路斯奇亞人，我確實是比起義大利麵或麵包，更加喜歡白米飯。

我對米飯的渴望，讓大家感到相當不可思議。

「那個……這是因為……啊～～哎呀，德里亞領地就在東邊外圍嘛，所以很容易拿到東邊的食材啦！東邊的行商人會來，也會做料理給我們吃。就是這麼一回事！」

「是喔～～」

不，這是謊言。德里亞領地確實位處東側外圍，但我從未在德里亞領地吃過白米飯。

沒辦法直說是我在前世的世界中常吃的食物，只能隨便說謊應付。

「該怎麼說呢，瑪琪雅的料理有和探求魔法類似的地方。」

「就跟尼洛愛玩機械一樣。」

雖然很累，但大家吃完宵夜，聊天，再喝完一杯重新溫熱的桑格麗亞後，魔力恢復也回復精神了。

「再一下下，只要再一下下，加油吧。」

我們再次繼續工作。

我也得努力才行，我基本上都是負責提交用的報告。

是把設計圖以及這個作品的意圖轉化為語言，統整後寫在紙上的任務。尼洛說過，報告大概比作品本身更受重視，我的責任重大。

作品再怎麼說都只是樣本，做得好不好並非評分的對象。

不過，作品的完成度等同說服力。為了要把報告的說服力提升到極致，樣本的完成度也要越高越好。

雖然曾經失敗也曾經停滯不前，即使如此，我們四個人也盡全力做好各自能做的事情。

就這樣，我們將報告與作品細微調整至最後一刻，順利向校方提交了。

石榴石一年級最後的小組課題「生活魔法道具競賽」。

這些作品將會在王都中心地區的會館展示約一週時間，市民可以自由參觀、自由試用。

我們也去看了其他小組的作品，每組的作品程度都很高。

「快看，第一小組是魔法化妝包耶，是以『衣』為主題嗎？」

貝亞特麗切領軍的第一小組的作品，很有多為女性成員小組的特色，是可以收納化妝道具與一點小東西的，可自在伸縮的化妝包。因為使用特殊魔法纖維，可以拉大到普通辦不到的尺寸，反之也可以縮小。但似乎不像我的魔法竹籃，沒辦法收納超越容量的東西。

雖是這樣說，感覺這類東西早已有類似商品在市面上販售了耶？

「哎呀～這不是石榴石第九小組的各位嘛，貴安啊。」

不知從何處發現我們到來，石榴石第一小組的成員們出現了。

特別是領頭那一臉自信滿滿的貝亞特麗切，真是的。

但她手上貼著好幾個ＯＫ繃耶。

「如何啊，我們小組的漂亮化妝包很棒吧。」

「非常出色呢，我稍微摸了一下，真的可以自由伸縮耶。」

「是啊！這是我阿斯塔家開發的魔法纖維創造出來的結果，這肯定可以在非魔法師女性間創造出爆炸性人氣。」

「但是，這類商品早就已經出現在市面上了吧？」

尼洛淡淡吐嘈，貝亞特麗切聽到後氣勢洶洶地說：

「請別小看這東西！我們第一小組的魔法化妝包，並非只是可以自由伸縮而已！」

貝亞特麗切接著拉開他們製作的魔法化妝包的拉鍊，拆下把手後，魔法化妝包在半空中「咻咻」變形。

「只要把這個帶在身上……」

下一秒，魔法化妝包變成細長的布條。

「遇到緊急狀況時，可以當成止血用的布或繃帶。」

「原、原來如此～」

掌聲鼓勵鼓勵，第一小組和第九小組的所有人都一起拍手。

雖然很多地方可以吐嘈，突然，我想到將來可能發生的事。該不會是貝亞特麗切這些名門魔法師家族的人，戒備、預料接下來的戰爭，而產生危機感吧。

或許，這個魔法化妝包今後會成為相當有用的東西呢。

「啊，瑪琪雅快看，第二小組的飄浮自行車失控了。」

「什麼？」

勒碧絲手指的方向是第二小組的作品「輕飄飄魔導式自行車」，利用魔力稍微騰空行走，所以幾乎不需要花力氣踩踏，但似乎是魔法式出錯，自行車現在失控到處跑。第二小組的成員拚命追著自行車。

啊，跑出會場外了，別灰心啊……

「第三小組的那個，是什麼啊？」

說到尼洛，比起失控的自行車，他似乎更在意第三小組的作品。

第三小組果然是展示以孩子為對象的魔法玩具。

不只之前法蘭西斯給我看過的陀螺型玩具，還有迴力鏢型、溜溜球型等各種形狀的玩具。那個展示區有非常多孩子，大家都玩得很開心。啊，還有似乎是玩具公司的相關人士，第三小組的人還收下人家的名片耶。或許會發展成很不得了的生意啊。

弗雷看見有過節的石榴石第三小組狀況很好，感覺很不悅。

「嘖，第三小組那些傢伙，可不是白白泡在魔法垃圾棄置場中的啊。是拿豐富的廢物和使喚組長蒐集來的軟膠球，用亂槍打鳥的方式啊？」

「不只那樣，這意外地寫入非常縝密的魔法式，雖說是玩具，可看出長年研究創造出來的講究。」

尼洛給第三小組的作品很高評價，尼洛都這樣說了，第三小組的玩具程度果然很高。

其他還有可以在水面站立的鞋子、可以自由改變形狀的盆栽等等。

因為是一年級的作品，實際上也有很多魔法道具尚未完成，也有找找就能發現市面上到處都是的東西，但包含這些在內，老師們想要看大家是基於什麼想法而做出這些魔法道具。

那麼，說到我們第九小組的作品，是可以貼在桌子底下使用的薄平板型暖氣機，和可以在人們腳邊迅速吹出熱風的立體方塊型的魔法暖氣機。

總之輕巧且能迅速加溫，消耗的魔力也少。

因為不用火，小孩來用也很安全。

和其他小組相比乍看之下有點樸素，但這是在生活中使用的魔法道具，所以我們堅持簡單最好。

「啊，梅迪特老師！」

正好看見我的舅舅，也是魔法藥學專任老師的梅迪特老師。

我跑過去，梅迪特老師張開雙手想要迎接我，但我在他面前緊急剎車避開他的擁抱。因為舅舅身上都是菸臭味。

「瑪琪雅小姐～妳最近都不太理舅舅耶，嗯～」

「舅舅，這裡是學校耶，你不可以這樣不由分說地寵愛外甥女啦。」

舅舅很疼我，嘴上說著要我叫他老師，但仍然把我當成可愛的外甥女對待。

「話說回來，老師，我們小組的作品如何啊？」

我立刻試探梅迪特老師有什麼反應，梅迪特老師雖然沒參與這次課題的評分，但感覺老師的意見可以當作手感如何的參考。

「嗯嗯，我覺得你們做了非常有趣的東西喔。這附近腳邊暖呼呼的，大家都停下腳步了。不是吸引目光而是吸引腳步，戰略不錯喔～」

擺放我們魔法暖氣機的地方，確實聚集不少人潮。

這個展示會場沒有暖爐，有點寒冷，所以魔法暖氣機運作中的這個溫暖地帶吸引許多追求溫暖的人前來，而且大家都不太願意離開。

「我看了報告了，你們的想法很不錯。路斯奇亞王國確實因為氣候溫暖，暖氣機類的魔法道具發展遲緩。今後不知道會出現什麼被寒冷折磨的狀況，不需要用火，且輕巧好搬運的暖氣機或許會有需求喔。」

喔喔，我們的目的確實傳達出來了耶。

這感覺可以得到很不錯的評價呢。

「但我姑且說一下，也是有可以馬上加熱空氣的『植物』喔，這也不需要用火，只是吹氣就會發熱。一種叫做『焰鬼燈』的植物，只要把它像氣球一樣膨脹的種子弄碎就會發熱。」

「啊……這樣一說，確實有那種東西，我完全忘記了！」

住在德里亞領地時，只要一到冬天就會用好幾次焰鬼燈。

我為什麼會完全忘記有這東西啊，確實只要有那個，這個魔法暖氣機的存在意義就有點危險了耶。

「但那東西相當貴重，市面上也沒多到能讓非魔法師輕易買到。就以非魔法師為目標族群這一點來看，果然還是有容易使用且容易量產的魔法道具比較好。只要不大量種植焰鬼燈，你們的魔法熱氣機應該還是更勝一籌吧。」

梅迪特老師的這段話，讓我們石榴石第九小組的成員同時鬆了一口氣。

「啊～太好了。喂，舅舅，你別這樣嚇我們啦。」

「哎呀～再怎麼說，舅舅都是老師嘛。而且瑪琪雅小姐最近都不理舅舅啊～」

「又再說這種話了，這位舅舅。」

梅迪特老師不正經地咧嘴笑著，說了「祝你們獲勝囉」後，就去看其他小組的作品了。

但話說回來，舅舅提到焰鬼燈時讓我超慌張。

這世界上確實有各種獲得魔法恩惠的植物或礦物。

但這些，絕非配合人類的需求出現。

魔法道具的好處，就是完全配合人類的需求製作。在人類的生活當中，出現隔靴搔癢感，希望能有更便利生活時，就會需要魔法道具。

我在艾莉西亞大人那件事中學到，魔法道具根據使用者的用法，會讓其存在意義產生改變。對艾莉西亞大人來說，魔法手拿鏡是在小孩吵架時幫忙仲裁的道具，是預知未來的媒介，已經達到超越原本用途以上的功能。

我們製作的魔法道具，肯定也會因為使用者不同出現各種不同的樣貌。或許會在我們從未想像過的場面中大顯身手。

不管競賽的結果如何，都希望可以培育成總有一天能在哪裡派上用場的優秀魔法道具。

「咦，尼洛呢？」

組員們應該在展示會場中到處看，但尼洛不知何時消失了。我四處張望，但果然沒看見尼洛的身影。

「或許是比我們更加仔細參觀各小組的魔法道具吧。」

「對啊對啊，那傢伙很喜歡這種東西。話說回來我餓了啦，這邊人好多，差不多該回去工作室了啦～」

勒碧絲和弗雷說的話是沒錯。

已經不是孩子了，丟下他不管感覺也沒問題啦……

「啊。」

在稍遠處發現尼洛了。他柔軟的白金色頭髮在從天窗射入的陽光照耀下閃閃發亮。他呆站著盯著會場外看。

帶著至今未曾見過的驚訝眼神。

接著，尼洛快步走出會場。

「瑪琪雅？怎麼了嗎？」

「對不起，勒碧絲和弗雷，你們先去學生餐廳吧！」

總覺得很在意尼洛走出會場那一瞬的表情。

心裡莫名慌張，我追著尼洛而去。

撥開人潮走出會場後，我追丟尼洛了。

抬頭看天空，尼洛的精靈芙嘉，正朝著某個方向下降。我以那個為目標找尼洛。

「啊，尼洛……」

馬上找到尼洛了，但他似乎正在和誰說話。

那人站在陰影處看不清楚，但是個身穿長大衣，戴著太陽眼鏡，身形修長的男性。

我放棄開口喊尼洛，忍不住躲在牆壁後。

是認識的人嗎？尼洛不太常說自己的私事，所以看見他和學校以外的人說話很新鮮，但偷看或是偷聽或許也不太好。就這樣離開吧……

「哥哥，我在這裡，在這麼和平的地方，過著不須擔心任何事情的生活真的好嗎？這裡沒有飢餓也沒有寒冷，這樣的日子，我真的可以……」

但尼洛說出口的話讓我停下腳步。

哥哥？尼洛說話的對象是他哥哥嗎？

而且話說回來，尼洛到底在說什麼啊？我很好奇，再次觀察狀況。

「……你無須擔心，待在盧內・路斯奇亞，這就是你現在能做到的任務。」

和尼洛說話的男性拿下太陽眼鏡。

我懷疑自己看錯了。

金髮、石榴紅的……眼睛，那是……

那是，福萊吉爾皇國的卡農將軍。

「……怎麼會……怎麼可能？」

出奇不意攻擊我的衝擊事實，讓我腦袋一瞬間空白。接著全身慢慢輕微發抖。

等等，尼洛和，卡農將軍——是兄弟。

無法接受這難以置信，不想相信的事實，我忍不住摀住嘴巴。

確實。我知道他們兩人同姓「帕海貝爾」，我意識中理解他們兩人同姓。

但我完全沒想到他們兩人真的是兄弟，連想也不願意想。

這個事實，讓我的心胸逐漸轉涼。

我該怎麼辦才好，沒想到重要的夥伴，竟然是前世殺了我的男人的兄弟。

「……」

我無法繼續忍耐，跑到兩人面前。

我突然出現讓尼洛嚇了一大跳。

「……瑪琪雅？」

而我，則是越過尼洛狠瞪著站在那裡的男人。

帶著恐懼、懷疑以及憎恨的眼神。

「這是怎麼一回事？」

我努力擠出聲音。

「這是怎麼一回事！」

尼洛在我身邊這件事。

我無法認為這是偶然，感到相當恐懼。

我不想要懷疑。但是，即使如此，這男人是在前世殺了我的男人，這是無庸置疑的事實。

卡農將軍站在小路陰影處，靜靜用他那雙紅眼凝視我，只是拍拍尼洛的頭後轉身背對我們，打算什麼也不說，也不講就離去。

「等、等等！」

我想要追上卡農將軍，但尼洛抓住我的手阻止我。

「瑪琪雅，妳冷靜一點，別追我哥，他很忙。」

「尼洛，但是！」

「就算妳和我哥之間有什麼恩怨。」

聽到這句話讓我當場停止，不只動作，連思考也瞬間停止了。

「尼洛，你……」

尼洛用著與平常無異的眼神凝視著我。

尼洛，該不會知道吧。

那個男人的真面目，以及我身上的真相。

在褐色隱形眼鏡的內側，尼洛鮮紅的洋紅色眼睛動搖著。

「沒事。我唯一能說的，那就是我不是瑪琪雅的敵人。我也只是這國家的一枚棋子，我因為一點原因，『被逃到』這個盧內・路斯奇亞來。」

「……被逃？」

到底是從哪裡？從什麼事情中逃跑？

「但我不能再說更多。保持神祕感，是魔法師的原則啊，對吧？」

「……」

尼洛這種時候還是無可捉摸，表情和聲音都沒有變化。但拉住我的那隻手，非常有力。

尼洛總是支持著石榴石第九小組。

還犧牲睡眠時間做了我想要的炊飯鍋給我。

就算他和殺我仇人的那男人是兄弟，尼洛仍是石榴石第九小組重要的組員。

如同我有無法告訴大家的事情一般，尼洛也有他的狀況與祕密。

算了，這樣就好了。

「我明白了，你也有什麼苦衷吧。但我不問，總有一天……應該會全部串起來吧。」

「……嗯，我也這麼認為。」

就相信人現在在這裡的第九小組組員尼洛吧。

大概，尼洛也是同等相信我。

第一學年的下學期期末考試迫在眉睫。

那天是米拉德利多這冬天最寒冷，下起第一場雪的日子。

雖然積雪不深，但這是不常下雪的地區，大家都興奮地抬頭仰望下雪的天空。

我也不例外，因為久違不見的白雪喧騰，但前往工作室路上的坡道凍結，讓我狠狠摔了一跤，在那之後就慎重許多。

這國家不習慣下雪，太喧騰可是很危險的呢，我說真的。

玻璃瓶工房內也相當寒冷。

不只打開暖爐，也打開我們做的魔法暖氣機溫暖房間。我們的暖氣機可以偵測出人類的腳，彷彿包圍住腳邊般加熱，所以真的很好用。

也把原本放在外面的盆栽搬進工作室裡，今晚會更冷，似乎還會下雪，不可以讓它們在外面枯掉。

在房間暖起來後，其他組員們也來了。

雖然今天是假日，但我們為了期末考試聚集起來舉辦讀書會。

「唉～讀書啊～沒勁耶。」

「至少在最後稍微拚命一下吧，弗雷，你是個想做就能做到的孩子，有不懂的地方我會教你。」

「嘖，資優生好從容真好耶，還有空可以照顧我耶。」

「你在說什麼啊，我非得贏過尼洛和貝亞特麗切不可耶，根本一點也不從容。」

沒錯，第一學年最後的考試，也就是說以這個結果為最後，就要決定誰是石榴石的獎學生。

我進入這間學校後立刻立定的目標，就是要成為獎學生。

老實說，我已經沒有成為獎學生的必要了。已經實現再見到托爾的目的，也因為意料之外的原因可以自由進出王宮。

但這個目標帶給我希望也是個事實。

因此我這一年，毫不動搖地以獎學生為目標努力至今。

就算是最後了，也絕對不會鬆懈。對手是首席尼洛，和總是互相競爭的貝亞特麗切，要贏過他們！

「那個啊，瑪琪雅，這孩子原本長這樣嗎？」

在我燃起熊熊鬥志時，勒碧絲和尼洛目不轉睛看著完全不同的東西。

今天早上我一起帶到這裡來的鬼火威爾・奧・唯普斯的提燈。

我想著是什麼事跑過去一看，沒想到鬼火的外型竟然改變了。

「咦？怎麼一回事，這是……倉鼠？」

早上帶他來這裡時，他在提燈裡還是平常齜牙咧嘴抓狂暴動的魔物模樣。但不知何時，已經變成小小一隻，四足趴地，身體不停顫抖的可愛可愛（？）藍色小倉鼠了。

「這個鬼火……該不會是在擬態吧？」

「擬態？」

該不會是受到我們家的咚波波影響吧？

「據說威爾・奧・唯普斯會隨著環境改變外貌。他們會為了求生，改變成在場最強者的樣子。」

「咦？強者是指侏儒倉鼠？」

不，這孩子確實是屈服於我們家倉鼠們的淫威之下。

「……這是調教的成果呢吱。」

「……肯做就能做到啊啵。」

不知何時出現在那裡的咚波波，可愛的臉上有著黑色陰影。

啊啊啊，我的精靈們也太恐怖了吧。倉鼠前輩們的壓力，讓威爾・奧・唯普斯改變自己了嗎？

機會難得，我試著給他葵花籽，他連殼大口大口吃掉。

外表是倉鼠，牙齒跟食人魚沒兩樣。

我們把念書擺一邊去，對擬態的鬼火興奮地又吵又鬧。

但突然，玻璃瓶工房的門被拉開。

「小姐！」

接著，響起一個原本不可能出現在魔法學校中的人的聲音。

竟然是個身穿王宮騎士團制服的黑髮騎士。

「咦？咦？托爾？」

「喂喂，這個小帥哥竟然就這樣堂堂正正地非法入侵耶。盧內・路斯奇亞的保全到底是怎樣啊。」

弗雷的吐嘈再正確不過，尼洛和勒碧絲也啞口無言。

但托爾似乎有急事，邊有禮地朝其他組員一鞠躬後叫我，我想著是什麼事，走出工作室。

「托爾怎麼啦，怎麼如此慌張？」

「小姐，大事不好了，愛理大人失蹤了。」

「……什麼？」

我連眨眼也辦不到，呆住了一段時間。

「愛理大人留下一張紙條後就消失了！」

下起第一場雪的這天也發生大事件，這就是托爾不惜非法入侵也要來找我的理由。

愛理留下的紙條上，用她的字跡，而且還是用日文片假名寫了一個單字。

『美乃滋鮪魚』

而能讀懂這句話的人，在守護者之中，肯定也只有我一人。

幕後　愛理，領悟。

「噯，田中同學是美乃滋鮪魚派嗎？」

在學校屋頂獨自吃午餐時，開口和我說話的人，是升高二才第一次和我同班的小田一華同學。

「啊，對不起喔。我飯糰也是最喜歡美乃滋鮪魚口味，就忍不住和妳說話了。但那傢伙老是吃酸梅口味的。」

「那傢伙？」

「隔壁班的齋藤，我們是青梅竹馬……啊，他來了，喂～齋藤～」

「……」

「噯，田中同學，我和齋藤平常都在這邊吃午餐，田中同學……如果妳願意，要不要一起吃？」

Mayday，那是個非常晴朗的，五月的第一天。

在我眼中，那時的小田同學就是眩目的天使。

因為啊，要是和被班上勢力強大女生們欺負的我說話，小田同學也不知道會被說成怎樣。一般來說，會很害怕這種事吧。所以，才會當成沒看見我這個麻煩的存在。

但是小田同學，竟然願意和我這種人當朋友。

漂亮、聰明的資優生。雖然有不太敢拒絕他人的地方，但純潔、正直、直率的她，彷彿就和我最喜歡的故事中的主角一樣。

我立刻喜歡上小田同學了。

比這世上的任何人喜歡她。

但小田同學有喜歡的男生，就是青梅竹馬的齋藤同學。

齋藤同學確實很帥氣，爽朗，是個和每個人都能成為好朋友，表裡如一的男生。

他偶爾會捉弄小田同學鬧著玩，但一直看著這兩人馬上就會知道，齋藤同學也喜歡小田同學。

那兩人明明互相喜歡，但不知為何，彼此都不向對方表明心意，只停在青梅竹馬這不慍不火的關係上。

我好幾次向小田同學確認她對齋藤同學的心意。

小田同學擋不住我糾纏的提問，告訴我她喜歡齋藤同學，但是她沒有勇氣告白。

……我懂，我贏不過齋藤同學。

而且最根本的是，我是女生啊。就算我再怎樣喜歡小田同學，這份單戀都不可能得到回報，只是讓小田同學困擾而已。

將來有天，小田同學和齋藤同學交往後，我肯定會變成電燈泡。

我非常害怕，被排擠在外。

那至少，讓我當個愛神邱比特吧。為了在將來也能一直以替他們牽紅線的好朋友身分，待在他們身邊……

乍看之下，會以為我介入他們兩人之間吧，但我是為了讓小田同學著急，才會扯謊說自己也喜歡齋藤同學，打算向他告白。

小田同學大受打擊。

但不做到這種程度，這兩人的關係就沒有動靜。

我把齋藤同學找到平常一起吃午餐的學校屋頂，向他假告白。這是為了確認齋藤同學的心意。

當然，齋藤同學甩了我，對我說他有喜歡的人了。

齋藤同學開口，肯定是為了說出自己真正喜歡的人的名字。

「那是小田同學吧？」我如此問。

沒錯，只要小田同學本人在這個瞬間來到屋頂，一切就完美了。

會完成彷如少女漫畫般，戀愛與青春的一幕，原本該是如此啊——

好過分，那太過分了。
出現在屋頂上的不是小田同學，而是完全陌生的金髮殺人魔。

○

我是田中愛理。
只是窩在王宮一室內不肯出門的，救世主愛理。
「……最近每天老是夢見小田同學耶……」
那世界的事情，已經完全變成夢中的往事了。
而這個如夢一般的世界，其實是現實啊。
大概因為瑪琪雅說她是小田同學的轉世，我才會老是夢見小田同學。我在心中不停否定「不可能有那種事」，也一直相當在意……
偶爾跑出房間，用自己短劍的力量隱身，在王宮裡到處亂晃。
然後我發現了一件事，吉爾伯特的感覺稍微變得不同。
最近明明還累得毫無餘力，但在某天之後，他的表情像擺脫一切般，變得很棒。
我知道原因。
聽說是因為瑪琪雅幫吉爾伯特和他弟弟弗雷和好了。

「這樣啊，瑪琪雅，這彷彿妳才是主角一樣啊……」

但另一方面，我也知道了一件事。

瑪琪雅果然不是小田同學。

小田同學才沒有那般強勢、勇往直前且積極啊。

而且話說回來，那樣清純天使般的女孩，怎麼可能轉世為這世界最邪惡魔女的後裔。

所以，那絕對，不是。肯定是她用魔法力量讀取我的記憶，利用了小田同學的存在。

「所以，她肯定是壞魔女。」

我在米拉德利多下起第一場雪的那天早晨，獨自偷偷跑出王宮。

為了尋找可以否定瑪琪雅是「小田同學轉世」的什麼證據。

但另一方面，在我心胸角落有完全相反的情緒。

如果，她真的是小田同學轉世的話……

我在房間裡留下一張潦草的紙條。

用只有知道那世界的人才能讀懂的文字，寫著很了解我的人就能明白其中意義的單字。

我把收在金色劍鞘中的短劍綁上繩子掛在脖子上，只要有這把短劍，就沒人能看見我。

我至今用這個力量，自己一個人跑到王都米拉德利多好幾次。

對薄薄積雪興奮喧鬧的孩子們，以及商人本性堅強的米拉德利多市民，今天也熱鬧著米拉德利多。

「對了對了，你聽說救世主大人的謠言了嗎？」

「知道知道，聽說她講了不當救世主了啊？還真不負責任，雖然王宮拚命隱瞞，但大家都已經知道了啊。」

「聽說啊，她被某個貴族千金欺負呢。」

「那是真的嗎？王宮根本沒從艾莉西亞王后和拉拉王妃的事件中記取教訓啊。」

大家全都口無遮攔，就跟學校裡那些壞心女生沒兩樣。

果然每個人都是現實中的人類。

結果那邊的世界和這邊的世界根本毫無差別。

「我得找瑪琪雅才行……」

然後要查明白瑪琪雅到底是何許人物。

「啊，對了，瑪琪雅在學校。盧內・路斯奇亞魔法學校……」

在米拉德利多到處晃也沒有用，因為瑪琪雅是魔法學校的學生。

這麼說來，我沒有去過盧內・路斯奇亞魔法學校。

那裡對我來說，只是個總是從房間露臺眺望的地方。

盧內・路斯奇亞魔法學校，建設在從沿岸用長長大橋連接的島上。

就算我闖入學校，也沒有人發現我。大家都穿著充滿魔法師感的長袍，除此之外就是普通的學生感，都因為難得下雪而興奮。

瑪琪雅人在哪呢？我記得確實從瑪琪雅本人口中，聽過她常常待在海岸邊，一個形狀很像玻璃瓶的工作室內。

走下沙灘，沿著沙灘往前走，我立刻看見那個了。

「找到了，是那個吧……」

那邊有好幾棟各種形狀的玻璃瓶工房，但其中只有一間工作室有光亮。

我隱身打開工作室的門，進到屋內。

外面冷得腳都要凍僵了，但工作室裡充滿溫暖的空氣，特別是腳邊被溫暖柔軟的風包覆，這是魔法道具的力量嗎？

但話說回來，還真是個怪地方。

從微微畫出曲線的一整面玻璃窗，可以看見雪雲與灰色的大海。

但這裡充滿暖色的柔軟燈光，寧靜且溫暖。

充滿藥草和香甜氣味，不知為何，讓我湧起些許懷念。

我走下工作室的樓梯。

工作室裡有個男學生，他坐在一整片大木板的桌子旁，正默默工作著。

啊，那是我之前被擄走時，在那個無人島見到的其中一個學生……

「有誰在那邊吧。」

那人抬起頭，直直盯著我這邊看，用平淡的聲音低語。

該不會……怎麼可能？被他發現我人在這邊了？

不可能有這種事情，但他確實看著我這邊。

我只是站著不動，屏息以待。

「沒有用，我看得見妳。」

「……咦？」

我忍不出喊出聲，慌慌張張摀住嘴。

該不會該不會，他真的看得見我？

「妳是那個救世主吧，從異世界來的那個。」

「……」

不行，完全被看穿了。我「噗哈」大吐一口氣，把掛在脖子上的黃金短劍稍微抽出劍鞘後，再「喀鏘」用力收回劍鞘。

為了將我隱藏起的身影完全現身。

「真虧你能發現耶，知道我在這邊。」

有著白金色頭髮，以及感覺很睏的褐色眼睛的男學生。

我記得名字應該是，尼洛。

「妳毫不隱瞞那麼特殊的魔力任其流瀉，這當然會發現啊。就算妳隱藏起身影，也沒把魔力隱藏起來。」

「……難不成你看得到那個嗎？」

「沒錯，就是為了這才戴隱形眼鏡。」

那是指戴在眼睛上的隱形眼鏡嗎？這世界也有？

感覺有點搞不清楚狀況，但肯定是魔法道具沒錯。王宮裡沒人使用那種東西，所以我根本不知道竟然有人能看穿我隱身的能力。

「怎麼了嗎？像妳這樣特別的人，竟然在沒人陪同的狀況下偷跑來這種地方。」

那男生再次低下頭，手邊邊做著什麼工作，用平板的聲音問我。

我有點不高興地回答：

「我在找瑪琪雅，你是瑪琪雅的同學對吧？你知道瑪琪雅在哪裡嗎？」

「剛剛還在這個工作室裡，現在應該和她的騎士在一起。」

「騎士……？」

「是叫托爾吧，是妳的守護者之一吧。他來找瑪琪雅，模樣很慌張，然後他們兩人就不知跑哪去了。」

啊啊，那大概是去找我吧。

托爾跑來找瑪琪雅，肯定給她看了那張紙條。瑪琪雅會發現那張紙條的真意嗎……

咕～～

「啊……」

肚子大大方方作響，我想到今天什麼也沒吃就跑出王宮了！

我滿臉通紅地壓著肚子。

「妳要吃什麼嗎？」

而且尼洛同學還表情不變、泰然自若地問我。

「瑪琪雅常常做點心，我想找一下應該能找到東西吃。」

「啊，比起甜食，我比較想要吃鹹的東西！我從今天早上到現在什麼也沒吃。」

話說回來，瑪琪雅做的點心也太危險了吧！

尼洛同學小聲嘆氣後站起身，說著「跟我來吧」，帶我又往下走一層樓，在一半位於地下室的地方，有個昏暗的廚房。

當我們走下廚房時，魔法燈泡自行點亮，淡淡的暖光照亮房間。

「我記得應該有起司和餅乾，還是要煮義大利麵？我記得有瑪琪雅煮起來放的青醬。」

尼洛同學在櫃子、陶壺和籃子裡四處翻找。

拿出一個又一個食材。

「你們住在這邊嗎？」

「怎麼可能，平常都在學生餐廳或宿舍吃。但可能會因為課題工作到三更半夜，所以也會在這邊吃東西。」

尼洛同學從櫃子中拿出來的東西裡，有個大型玻璃瓶。

我看過裡面的東西，裡面裝滿表面有皺褶、紅通通，沾滿紫蘇的圓形東西，這個是……

「這該不會是酸梅吧？為什麼？為什麼西洋異世界裡會出現酸梅啊？」

「似乎是醃漬杏桃，說要和炊煮好的白飯一起吃。那太酸了，我個人不太喜歡。這是瑪琪雅做的。」

「……瑪琪雅做的？」

「嗯，我記得應該是她的騎士很喜歡吧，但不清楚詳情。」

托爾很喜歡？托爾喜歡這麼酸的東西嗎？

酸梅的味道，我光是回想起來嘴巴就口水直冒，我變得非常想要吃那個。

「欸，我可以吃這個嗎？」

「咦？我想應該可以吧，但如果只是好奇我勸妳別吃，真的非常酸。」

「別擔心，這是在我原本的世界中很尋常的食物，要是有白米飯就更好了……」

「米？說有也是有喔。」

尼洛同學的視線往斜上方飄，稍微思考什麼後隨便點頭說「哎呀，算了」，又蹲下來翻找東西，接著拿出袋裝的白米。

「話說回來，這邊可以煮白米飯嗎？」

「當然，我最近才剛做了可以煮白米飯的魔法道具。」

「咦？你做的？」

啊，有個外表似曾相識，箱型的炊飯鍋出現了，騙人的吧。

「為什麼？你為什麼會想要做這個？你們的主食是麵包或義大利麵吧？又不是東邊國家的人。」

「因為瑪琪雅想要啊，炊飯鍋。」

「……」

「不知道為什麼，瑪琪雅非常喜歡白米飯，明明就是土生土長的路斯奇亞人啊。」

尼洛同學不知何時已經把白米和水放進炊飯鍋中，開始煮飯。感覺他似乎沒有洗米，但是算了啦。

我沒想到會在這世界看到炊飯鍋，這也是魔法道具嗎？

話說回來，這完全不符合梅蒂亞的世界觀吧。

「尼洛同學，你該不會喜歡瑪琪雅吧？」

「啥？」

「因為這是你為了瑪琪雅做的對吧？」

尼洛同學露出感到有點不可思議的表情皺起眉頭。

「她是我們組員之一，而且瑪琪雅總是很努力地領導我們石榴石第九小組。如果沒有她，我想我們應該各自在做不同的事情，應該不可能聚在同一個小組。」

「……」

「我覺得這小組的成員組成挺奇蹟的，所以真要說起來是感謝之情吧。因為再過不久，我……」

不知道尼洛同學原本打算說什麼，他在此輕輕摀住嘴。

暫時沉默了一段時間，我再次側眼看尼洛同學，問了其他問題。

「欸，瑪琪雅是怎樣的人？」

「怎樣的人？就妳看到的那樣。」

「但她不是這世界最邪惡魔女的後裔嗎？應該有些什麼吧，那種很魔女的地方，欺負討厭的人之類的。」

就像我最討厭的，班上那些女生一樣……

「瑪琪雅才不會做那種事，每天為了課題忙得要命，根本沒有閒暇去想要陷害誰還是要欺負誰。她當然也會講些狠毒的話，也和同年級的競爭對手們積極競爭啦……」

在此，尼洛同學突然抬起視線瞇起眼睛。

「但是，瑪琪雅自己很常被人閒言閒語吧。就如妳所說，只因為她生為『紅之魔女』的後裔。大概因為這樣，她表面看起來自信滿滿的，其實長時間相處後就會知道，她內心深處有著沒有自覺的毫無自信……」

「毫無自信？」

「該怎麼說呢，別看她那樣，其實她挺膽小的。而且還是愛哭鬼。」

「……」

這句話大幅顛覆我對瑪琪雅的印象。

而且那……稍微，和小田同學的印象重疊了。

好奇怪，這太奇怪了啊……

「欸，妳是不是不當救世主了啊？」

尼洛同學突然開口問我。

「你、你為什麼會知道那種事啊？」

「大家都知道啊，在米拉德利多，謠言只要一天就能傳遍。」

我很明顯地瞥開視線。

「是喔，反正你也想說我很不負責任對吧，明明這世界接下來要面對很嚴重的事情。」

我脫口而出的全是不負責任的話，老是這樣。

「但我已經不管了，反正我又沒有想要守護的東西！這種世界……」

「守護者們要怎麼辦？」

「不知道啦！但肯定會離開我。因為我說了很難聽的話，對萊歐涅爾、對托爾……也對吉爾伯特說了。」

其中，對瑪琪雅最過分。

「結果，那終究只是世界強制的羈絆，不是自己尋找建立起來的東西，他們也是一樣，根本沒有人真心重視我。因為大家都有最重要的人。」

為什麼會變成這樣呢？我明明自認為很努力的啊。

不知在哪錯把開關關掉了，而且我還完全不知道打開開關的方法。

「你也是，肯定很失望是我這樣的救世主。」

「也沒有，因為我打一開始就沒期待救世主過。」

這句話讓我不停往下沉的頭抬起來。

尼洛同學沒有特別注視著我，只是盯著炊飯鍋看。這個魔法道具「嗶」的一聲響起煮好飯的聲音。

「請用。」

接著，尼洛同學拿起整個炊飯鍋，把煮好的白米飯給我。

我嚥下一口口水。

在王宮裡吃過海鮮燉飯或燴飯這類米飯料理，但從未吃過只是單純炊煮的白米飯。

「瑪琪雅是怎麼吃這個的？」

「我記得是叫飯糰吧，把醃漬杏桃包進米飯球體裡的神祕食物，而且不知為何，瑪琪雅還會弄成三角形。啊，但是之前她不是包醃漬杏桃，而是做了美乃滋鮪魚的飯糰。我很喜歡那個呢。」

「……美乃滋鮪魚？」

心臟猛烈一跳。那是每天在我夢境中出現的飯糰。

我和小田同學，最喜歡的飯糰。

「我也要、我也要，我也要吃飯糰。」

「咦？妳知道飯糰啊？」

「知道啊，那是我的世界的料理啊。我是鑰匙兒童，捏個飯糰難不倒我。」

我挽起袖子洗手。

「而且有鮪魚罐頭和美乃滋的話，你也先說啊。我比起酸梅更喜歡美乃滋鮪魚，喜歡酸梅飯糰的是齋藤同學啊——」

自己說完的瞬間頓時驚醒。

突然察覺的事情，讓我心跳加速。

「……」

手逐漸開始發抖，我用手摀住嘴。我不停眨眼，戒慎恐懼地將視線移往玻璃瓶的醃漬杏桃上面，打開蓋子。

懷念的氣味冒出來。

我拿起一個酸梅，就這樣默默地捏起酸梅口味的飯糰。

比起我最喜歡的美乃滋鮪魚，我想先確認這個的味道。

飯糰完成了。我用發抖的手捏出的奇形怪狀飯糰。

我吃了一口。

「……」

好酸，然後好鹹。

與這懷念的味道同時，我想起來了，我們三人在學校屋頂上一起吃午餐那段無可取代的重要時光，那段已經失去的時光。

這樣啊。

這樣啊，瑪琪雅現在也還喜歡著「他」啊。

所以才會想要讓他吃這個啊。

「嗚……」

淚水一滴一滴滑落，我當場蹲下身體。

因為，我發現了啊。已經無從懷疑起了。

全部串起來了，我終於明白了。

以前，看見瑪琪雅和托爾互相凝視那一幕時，感覺到的焦躁感。

瑪琪雅，是小田同學。

而托爾，就是齋藤同學。

我至今一直沒有發現，我在那世界最喜歡的女孩子。

我沒有發現，那個拯救了我的女孩子。

「嗚……嗚嗚……」

不只如此，不只如此。

我擅自斷定瑪琪雅是壞魔女，一直仇視她到現在。

還想要拆散她和托爾。

我又再次介入小田同學和齋藤同學之間了。

我只是個空有救世主之名，無可救藥的蠢蛋。

而我現在，終於領悟了。

後記

大家好，我是友麻碧。

很快的，《梅蒂亞轉生物語》系列已經來到第三集了。

其實，這一次原本想要在第三集中寫完的故事內容超越我想像的多，在我執筆途中，決定把原本寫好的大綱分成兩半，變更為上下兩集。

所以也很難得地在副標題加上（上）了，魔法學校篇的集大成分成上下兩集書寫，希望大家可以看得開心。順帶一提，我最喜歡的飯糰內餡是辣明太子；但在撰寫本書時，異常地狂吃美乃滋鮪魚飯糰。

突襲宣傳。於《月刊G Fantasy》連載中的漫畫版《梅蒂亞轉生物語　世上最邪惡的魔女①》與這本第三集同時出版。夏西七老師的品味閃耀的魔法世界，以及非常多的角色們，比原著更加活靈活現地描繪在漫畫上。我想也能更容易想像小說版的故事內容，請大家務必務必一讀。

（註：以上為日本出版狀況）

致責任編輯，真的十分感謝您這次很有耐心地陪伴狀況不太好的我寫作，多虧有您，這本第三集才有辦法順利出版。

致插畫家的雨壱絵穹老師，這一次是溫柔的尤利西斯老師和瑪琪雅，散發魔法學校氛圍的出色封面呢。我個人非常喜歡尤利西斯老師的角色設計，這次可以盡情觀賞，真是大飽眼福。真的非常感謝您！

以及致所有讀者，在「梅蒂亞」系列開始出版之後，似乎也有讀者來看了我以前寫的網路連載版的「梅蒂亞」，我看到在讀者之間把網路版稱為「舊梅蒂亞」，把書籍版稱為「新梅蒂亞」。感覺好像「新・哥吉拉」一樣好帥氣喔，讓我感到很高興。

大家用各種形式來支持我，真的很感謝大家。

我今後也會努力堅持寫下去，還請各位多多指教。

「梅蒂亞」第四集預定於冬天在日本出版，因為是故事內容連續的下集，所以速度令人意外地快。請務必再次前來梅蒂亞的魔法世界遊玩。

友麻碧

國家圖書館出版品預行編目資料

梅蒂亞轉生物語．3，門扉彼端的魔法師．上 / 友麻碧著；林于楟譯．-- 一版．-- 臺北市：臺灣角川股份有限公司，2022.04

面；　公分

譯自：メイデーア転生物語．第 3 卷，扉の向こうの魔法使い．上

ISBN 978-626-321-378-4(平裝)

861.57　　111002126

梅蒂亞轉生物語 3 門扉彼端的魔法師（上）

原著名＊メイデーア転生物語 第 3 巻 扉の向こうの魔法使い（上）

作　　者＊友麻碧
插　　畫＊雨壱絵穹
譯　　者＊林于楟

2022 年 4 月 18 日　一版第 1 刷發行

發 行 人＊岩崎剛人
總　　監＊呂慧君
總 編 輯＊蔡佩芬
特約編輯＊林毓珊
美術設計＊李曼庭
印　　務＊李明修（主任）、張加恩（主任）、張凱棋

台灣角川

發 行 所＊台灣角川股份有限公司
地　　址＊104 台北市中山區松江路 223 號 3 樓
電　　話＊（02）2510-3000
傳　　真＊（02）2515-0033
網　　址＊www.kadokawa.com.tw
劃撥帳戶＊台灣角川股份有限公司
劃撥帳號＊19487412
法律顧問＊有澤法律事務所
製　　版＊尚騰印刷事業有限公司
I S B N＊978-626-321-378-4